海外归来诗更浓

黄振发 著

中国言实出版社

图书在版编目 (CIP) 数据

海外归来诗更浓 / 黄振发著 . -- 北京 : 中国言实
出版社 , 2017.8
ISBN 978-7-5171-2543-3

Ⅰ . ①海… Ⅱ . ①黄… Ⅲ . ①诗词—作品集—中国—
当代 Ⅳ . ① I227

中国版本图书馆 CIP 数据核字 (2017) 第 210909 号

责任编辑： 郭江妮
文字编辑： 王建玲

出版发行　中国言实出版社
　　　　　　地　　址：北京市朝阳区北苑路 180 号加利大厦 5 号楼 105 室
　　　　　　邮　　编：100101
　　　　　　编辑部：北京市海淀区北太平庄路甲 1 号
　　　　　　邮　　编：100088
　　　　　　电　　话：64924853（总编室）64924716（发行部）
　　　　　　网　　址：www.zgyscbs.cn
　　　　　　E-mai：zgyscbs@263.net
经　　销　新华书店
印　　刷　廊坊市华玺印务有限公司
版　　次　2017 年 11 月第 1 版　　2017 年 11 月第 1 次印刷
规　　格　787 毫米 ×1092 毫米　　1/16　印张 10.625
字　　数　145 千字
定　　价　58.00 元　　　　　　ISBN 978-7-5171-2543-3

《海外归来诗更浓》序一

海外遥望故乡月　赤子诗心笔生花

　　人生阅尽沧桑史，海外归来诗更浓。每一部作品都是作者心血的结晶。作者多年的笔耕不辍，在诗词里有对生活、工作和创业的记录，也有家国情怀、吟咏山水、诗友唱和等作品。体裁广泛，古风、律绝、散曲、填词，共同构成了这本选集。书中不乏与时俱进对祖国不同时期取得的伟大成就而欢呼喝彩的作品，也有贴近生活、针砭时弊，对社会上种种邪恶现象，旗帜鲜明和毫不留情地加以鞭挞的作品。风格朴实，通俗易懂，韵味十足，朗朗上口。

　　与宗亲相识，缘于网络，虽偶尔交流，但诗心相通，又何须多言。今年春，宗亲托我出版其诗词集，我欣然应允，虽然我以诗词创作为主，但却以出版为辅而羁旅北京，同时也为我黄氏喝彩，因为在古体诗词界黄氏赋诗填词除了我们耳熟能详的黄庭坚以外，显者寥寥。试想一位已经七十多岁的老者，仍然对古典诗词孜孜不倦、笔耕不辍，这种精神更值得我学习。在当今，中华传统文化已经提升为国家文化品牌，正是有了这些人的坚持和推动，以及这种无私不求回报的精神，古典诗词才得以传承，那么我们就有责任把中华诗词发扬光大，让她开满华夏，甚至走向世界。

初夏，宗亲与美籍华人 Peter Liu（刘瑞麟）专程来京，商讨出版事宜之余我们探讨了诗词的发展、创作以及唐宋等名家诗词的风格等，相聊甚欢，融洽之至。并在我工作室喝茶打油唱和，宗亲诗曰：

> 诗山有路攀登苦，巧遇龙儿献秘方。
> 不枉此行千里路，春风送暖百花香。

鄙人打油拙和：

> 重洋远渡来看我，把酒言欢话短长。
> 自古友情真道义，煮茶乐在此间香。

又例如其游览长城即兴作《浪淘沙·登明长城镇虏关》："沉睡万年龙，欲欲腾空。当年姜女不由衷。嬴政哪知今日事，遥忆英雄。　　昂首上城峰，快意诗翁。欢歌笑语乐无穷。美景如仙谁绘就，我问天宫。"

物我相融，词穿今古，历史典故信手拈来，全词顺畅易懂，不可不谓之捷才。全词上下片遥相呼应，结片"美景如仙谁绘就，我问天宫"把词推向高潮，此一问无答，却浪漫无比。如果你以为诗人作品就以上水平，诚然错矣！
其游历咏叹之作如：

《登泰山》二首其一

伸手摘星月，云涛足下流。
桂花盈浅醉，俯首尽山丘。

此首平白如话，但豪气干云，既有浪漫夸张也有抒怀
之情。杜甫诗曰："会当凌绝顶，一览众山小。"而作者
登泰山如李白"手可摘星辰"，月宫桂花醉酒，反之俯首
所见泰山不过一山丘也！何其豪情。

《游橘子洲头》三首其一

五十年前橘子洲，也曾击水看飞舟。
湘江北去声犹在，喜道田园橘子优。

橘洲以盛产美橘而得名，而这组作品全部围绕伟人毛
泽东而写。作者游历写所见所感，把橘子洲景物、历史写
得淋漓尽致。这首起承句交代毛泽东三十二岁时作《沁园
春·长沙》："独立寒秋，湘江北去……曾记否，到中流
击水，浪遏飞舟！"在转结句上作者发出感叹，伟人虽去，湘

江水也依旧北流。但伟人的音容笑貌依在，表现了作者对伟人的无限崇高敬意，也是对橘子洲的赞美。

《登黄山》

攀越危崖立险峰，烟波万顷起朦胧。
狂歌一曲风云涌，俯仰千秋岱岳空。
识得莲花方入境，沉迷世相岂从容？
天都几人能看破，阅历常如迎客松。

这首七律大气、稳健、苍劲，对仗工整，写出了黄山的气势和不寻常之处。颈联和颔联禅意浓浓，道出了人生哲理。

《满江红·咏瀑》

大幕悬空，扬清气，轰鸣不歇。从天坠，浪花飞溅，银河奔烈。仰望云天虹雾涨，巨流欲渡喷明月。念此生，怎得壮如斯？情真切。　　　　风雨路，奔泥雪。飞鸿志，何曾灭？看今朝吾辈，几多雄杰？莫道精忠思报国，痴狂尤见心和血。为炎黄，无悔这青春，襟如铁。

古往今来，咏瀑布之作数不胜数，大多以律绝居多，也许是历代受李白的影响。作者这首词另辟蹊径,用《满江红》来写瀑布,不能说不适合,只有会不会灵活运用。全词情景兼容,咏物寄情,是一首不可多得的咏瀑之作。诗人除了游历之作外,还有人生感悟之作,例如:

《六十抒怀》

都说人生路漫长,蓦然回首鬓如霜。
飘零半世风兼雨,菊淡双眸苦亦香。
笔下三言添往事,胸中五味俱文章。
坐看日暮黄昏美,片片红枫恋夕阳。

《感悟》

历尽沧桑品暖凉,回眸难舍旧时光。
当年偏爱阳春曲,今日无为慈善章。
人世三杯杜康酒,功名一碗孟婆汤。
清风两袖任来去,悟到宽怀始健康!

这两首作品为作者人生感怀之作,书中还有《满江红·七十抒怀》等作。此两首作品都写出其历尽沧桑后,看淡世事的心态。《感悟》两个"康"字由于"杜康酒"是特定词语,平仄可不论,这里是重字不重意,综上两点所以格律可忽略不计。"当年偏爱阳春曲，今日无为慈善章。人世三杯杜康酒，功名一碗孟婆汤。"此两联虽句式缺少变化，但却为佳句。

诗人除了吟咏风花雪月，寄情山水、诗词唱和外，还有大量的针砭时弊和咏历史人物及忧国忧民之作，例如其律诗中的句子《哀悼毛泽东主席》："慧眼神通千万里，诗思气盖十三朝。惊闻北斗星沉落，忽涕银河泪雨飘。"《悼念周恩来总理》："五洲悲作雨，四海泪成灾。" 等皆为佳句。例如其写《华侨多爱国》：

何故华侨多爱国？缘由世代受煎磨。
掀开离散辛酸史，唱出飘零血泪歌。
无奈居人屋檐下，可怜风雨咽江河。
今朝国强军威壮，吾辈不再是藤萝。

一首七律把爱国华侨的辛酸之路以及心声表达得淋漓尽致。作者不但行吟，还是一位极具爱心的企业家。他非常低调，在写序过程中与作者沟通时，他不愿提及这些。我尊重他的意愿，也许这就是老子所说的"德者，在行不在言"吧！我曾说：但凡诗者，必修其德。为诗者，大爱于心，纯真如童，不趋趋于权势，不汲汲于富贵，不戚戚于困苦。诗者，苦行僧也！在任何环境下，诗人不改初衷，其风可闻，其如竹虚心向上，如兰幽香弥久，似菊披霜绽放，似梅傲骨迎雪。让我们祝福这位虔诚的诗者健康长寿，快乐相随，在今后创作中，为我们带来更为优秀的作品。

以上管中窥豹，一家之言，不足为论。书中更多佳作，有杂糅待读者去品论，是为序。

中国诗词协会会长 黄 莽

2017 年 5 月于北京

《海外归来诗更浓》序二

　　黄振发先生是我的老同学，我们有半个多世纪的同学情谊。这次他出版诗集，希望我写个序，我感到很荣幸。

　　诗言志。黄振发先生在学生时代就热爱祖国，勤奋学习。他的诗词正气浩然，爱憎分明。本诗集虽然多是他退休后的作品，但不失当年"恰同学少年，风华正茂。书生意气，挥斥方遒"之初心。

　　诗传情。他的诗词，不仅有生活，也有情感；不仅有思索，也有感悟；不仅有朴实，也有浪漫；不仅有激情，也有灵魂。我们同窗五载，深感他的豪情至今五十年不变。

　　诗会友。他不但是我的老同学，也是我学写诗词的良师和挚友。在分别近半个世纪以后，我们又在赋诗填词的道路上走到了一起。我从他的诗词中看到了人生精彩的一笔。

　　这本诗集充分体现了作者的辛勤耕耘。三百多首诗词，需要多艰难的磨砺！在此，祝振发同学的诗词越写越精彩。但愿本诗集为中国诗坛增添新的一页，共圆诗词古为今用，推陈出新之梦。

陈建华
2017 年 1 月除夕之夜

目录
Content

卷 一

五言律绝

花香蝶自来 …………………… 003
诚挚酿温馨 …………………… 003
登 攀 …………………………… 004
登泰山 ………………………… 004
九一八 ………………………… 004
感恩节 ………………………… 005
参观石头记矿物园 …………… 005
观 潮 …………………………… 005
有 悟 …………………………… 006
咏小动物 ……………………… 006
悼念周恩来总理 ……………… 010
官 腐 …………………………… 011
庆"神五"游太空 …………… 011
中 秋 …………………………… 011
感恩节感怀 …………………… 012
当今戾气多 …………………… 012

登王子山 ……………………… 012
端 阳 …………………………… 013
从化采荔枝 …………………… 013
悼艾跃进教授 ………………… 014
九寨沟地震 …………………… 015
纸 鸢 …………………………… 015

卷 二

七言律绝

彷 徨 …………………………… 019
世态炎凉 ……………………… 019
自 勉 …………………………… 019
答友人 ………………………… 020
劝卢倩女士 …………………… 020
商 旅 …………………………… 020
赞黄山松 ……………………… 021
忆少年 ………………………… 021
梦圆世博会 …………………… 022
赠张萍同事 …………………… 022
香港元宵节花市 ……………… 023

游橘子洲……………… 023

劲 松………………… 024

呼伦贝尔草原游……… 024

览深圳书城…………… 024

端阳（新韵）………… 025

公祭日………………… 026

尼泊尔地震…………… 026

清蒸鱼………………… 027

晚 秋………………… 027

楼价暴涨……………… 027

学诗之旅……………… 028

瞻仰人民英雄纪念碑…… 028

贺中方净化科技有限公司

　　开业…………… 029

赞"一带一路"……… 029

品 茗………………… 030

港珠澳大桥主体贯通…… 031

沙场大阅兵…………… 031

赠黄耀民老师………… 032

哀悼毛泽东主席……… 032

天涯若比邻…………… 033

登黄山………………… 033

花都游感怀…………… 034

赠李聪同事…………… 034

同窗聚………………… 035

六十抒怀……………… 035

祝 寿………………… 036

天网防空……………… 036

甲午祭国殇…………… 037

新 政………………… 037

东莞扫黄……………… 038

战雾霾………………… 039

感 悟………………… 039

今日雷雨……………… 040

同窗聚会……………… 041

忆五十年前往事……… 041

忆包公………………… 042

感 时………………… 042

国情：次韵习近平《军民情》

…………………… 043

农家乐………………… 043

华侨多爱国…………… 044

尼泊尔强震…………… 045

赞屠呦呦……………… 046

祭奠黄维崧会长……… 046

瞻洪秀全故居………… 047

缅怀周总理逝世四十周年

…………………… 047

纪念毛主席逝世四十周年

…………………… 048

重游北京……………… 048

师生聚会感怀………… 049

赞子弟兵澳门救灾……… 049

卷三
杂 诗

四十抒怀···············053
沙漠仙人掌············054
工友来访···············055
谈 诗···············057

卷四
散 曲

【中吕·山坡羊】汶川地震天
兵降··············061
【中吕·山坡羊】骗子···062
【中吕·山坡羊】猴年···063
【中吕·山坡羊】江湖"神医"
·················063
【中吕·山坡羊】赞习总书记
精准扶贫··········063
【中吕·山坡羊】南海军演
·················064
【中吕·山坡羊】为官···065
【中吕·山坡羊】李后主
·················065
【中吕·山坡羊】孙中山
·················065
【中吕·山坡羊】朋友···066
【中吕·山坡羊】游花都湖

··················066
【中吕·山坡羊】宋江···066
【中吕·山坡羊】曹操···067
【中吕·山坡羊】秦始皇
··················067
【中吕·山坡羊】清明悼
周恩来总理··········067
【中吕·山坡羊】人生短暂
··················068
【中吕·山坡羊】咏岳飞
··················068

卷五
词

十六字令·缘··········071
十六字令·春夏秋冬·····072
十六字令·兰梅菊竹松···073
十六字令·难··········074
十六字令·关··········075
十六字令·龙··········076
天净沙·庆国产航母下水 077
鹧鸪天·从化山头度假···078
鹧鸪天·过山车········078
鹧鸪天·游澎湖列岛·····078
长相思·温柔在此间·····079
长相思·多灾多难·······079
长相思·七一庆回归·····079

浪淘沙·蒹葭…………… 080

浪淘沙·秋思…………… 080

浪淘沙·游九寨沟……… 081

浪淘沙·咏梅…………… 081

浪淘沙·从化温泉……… 082

浪淘沙·海南三亚游…… 083

浪淘沙·海口五公祠…… 083

浪淘沙·三亚落笔洞…… 084

浪淘沙·重振神龙，赞我军
　　三海域同时军演…… 085

浪淘沙·碰壁苍蝇……… 085

浪淘沙·青松…………… 086

浪淘沙·炒股…………… 086

浪淘沙·祭屈原………… 086

浪淘沙·南海风云……… 087

浪淘沙·寸土不让……… 087

浪淘沙·登明长城镇虏关 088

如梦令·知青岁月……… 089

如梦令·雾霾…………… 090

如梦令·反省 ………… 091

如梦令·中国梦（庆两会
　　成功）…………… 091

如梦令·同窗聚会……… 092

如梦令·发声…………… 093

如梦令·落发…………… 093

如梦令·香港珠宝展…… 094

如梦令·闻王岐山访桐城
　　"六尺巷"有感…… 094

如梦令·日本芷江投降照片

首次公布……………… 095

临江仙·参观毛主席故居 096

临江仙·男儿不畏寒…… 096

临江仙·咏雪…………… 097

临江仙·和一海粟《知青
　　岁月》…………… 097

临江仙·校庆…………… 098

临江仙·纪念毛泽东诞辰
　　一百二十周年……… 098

临江仙·魂归来………… 099

临江仙·侨友相聚……… 099

临江仙·庆祝国诞六十五周年
　………………………… 100

临江仙·校友聚会……… 100

临江仙·师生聚会……… 101

蝶恋花·苦情凭谁诉…… 101

蝶恋花· 欢迎唐新旭同事
　………………………… 102

满江红·庆香港回归…… 103

满江红·斩倭寇，除妖孽
　………………………… 104

满江红·咏瀑…………… 104

满江红·七十抒怀……… 105

西江月·五十抒怀……… 106

西江月·返母校偶感…… 106

西江月·咏菊…………… 106

西江月·静思…………… 107

西江月·嫦娥奔月……… 107

西江月·厂庆…………… 108

西江月·退休生活………　109

西江月·辽宁号航母访港　110

卜算子·送别高中毕业学生

………　110

卜算子·祝福词，二女儿

婚宴………　111

卜算子·和陈建华同学…　111

卜算子·中秋…………　112

卜算子·中秋夜…………　112

卜算子·游子心…………　113

卜算子·龙腾蓝天下　113

卜算子·相聚…………　114

虞美人·非典…………　114

虞美人·知青寄感：和一

海粟…………　115

虞美人·嫦娥奔月………　115

念奴娇·东方珠宝首饰厂

二十周年厂庆有感………　116

念奴娇·和习近平《念奴

娇·追思焦裕禄》…　116

沁园春·重上五指山……　118

沁园春·读美国十二任总统

对毛泽东惊人评价有感而作

…………　119

沁园春·重游井冈山……　119

沁园春·香港狮子山　…　120

沁园春·香港回归二十周年

感怀…………　121

沁园春·登八达岭长城　122

诉衷情·天涯孤旅………　123

诉衷情·小舟…………　123

诉衷情·重返母校………　124

诉衷情·和陈建华同学《自有

后来人》…………　124

诉衷情·清明祭母………　125

诉衷情·A股暴跌………　125

诉衷情·欢庆香港回归十八

周年…………　126

忆秦娥·王家岭矿难……　126

忆秦娥·玉树大地震……　127

忆秦娥·黄昏好………　127

忆秦娥·清明节祭英烈…　128

破阵子·甲午国殇日……　128

破阵子·亮剑…………　129

破阵子·警钟千古悬……　129

破阵子·炮舰卫和平……　130

破阵子·沙场大阅兵……　130

望江南·迎春…………　130

南乡子·返璞归真览大千

…………　131

喝火令·嫁女词…………　131

采桑子·人间冷暖………　132

采桑子·生活简单好……　132

采桑子·重温旧作………　133

清平乐·南岭求水山公园

…………　133

清平乐·春来了…………　133

清平乐·迎春…………　134

长寿乐·人生短苦……… 134

一剪梅·出海垂钓……… 135

一剪梅·紫荆花………… 136

一剪梅·清远北江一日游

………………………… 137

踏莎行·离聚………… 138

菩萨蛮·赠何友人……… 138

少年游·和秀龙辞职诗… 139

醉花阴·庆祝同学会二十周

年聚会……………… 139

跋………………………… 141

卷 一
五言律绝

花香蝶自来

题记：我和 Peter Liu 等同事，参加美国 Tucson 珠宝展，展后驱车回 L.A. 途中笑谈偶得。

一

桐荫凤凰至，花香蝶自来。
展厅歌带舞，宾主笑颜开。

二

人诚友必至，物美贵宾来。
若许花妖妍，细心勤剪裁。

1995 年 6 月于 L.A.

诚挚酿温馨

花绽蝶衔梦，春来草木青。
乾坤盈大爱，诚挚酿温馨。

1998 年 4 月 12 日于 L.A.

登 攀

志若存高远，奇峰在眼前。
山登临绝顶，立足九重天。

2002 年 3 月 5 日

登泰山

一

夜攀十八盘，松影起涛澜。
日出玉皇顶，行吟才壮观。

二

伸手摘星月，云涛足下流。
桂花盈浅醉，俯首尽山丘。

2006 年 5 月

九一八

中华骨里强，狮醒吼东方。
恨写扶桑国，东风扫战场。

2013 年 9 月 18 日

感恩节

当年图略地，烧杀土人居。
今日狂欢节，感恩烹火鸡。

2013 年 11 月

参观石头记矿物园

稀石真奇艺，天然韵满庭。
迎来八方客，瑰宝铸乡情。

2013 年 12 月 11 日

观　潮

题记：2014 年 9 月 18 日香港刮八号台风，我前往海边观潮。

暴雨云中落，飙风卷大潮。
行人离岸远，我自乐逍遥。

2014 年 9 月 18 日

有 悟

春伴雨风来，浮云归去哀。
花开蝶有梦，花谢几尘埃？

2015 年 4 月 8 日

咏小动物

蜘蛛

摆起龙门阵，何须昼夜忙。
粘成密密网，坐地可分赃。

青蛙

闭关时日多，春夜放高歌。
抢地昆虫走，通抓入肚罗。

啄木鸟

树萎因虫蛀，啄它吞落肚。
请君高院驻，谁敢再贪腐？

螃蟹

江湖你横行，钳硬便猖狂。
炉旺姜油足，红袍登雅堂。

虾

双钳水里探，摆尾戏江河。
不慕功名诱，钓翁无奈何。

鱼

江湖水里游，快乐哪知愁。
钓饵呈香味，贪婪就上钩。

猫

我有一猫王，鼠儿无处藏。
基因何日转？共舞入厨房。

鼠

黑夜频频盗，白天阴处藏。
过街人喊打，猫叫便逃亡。

蚯蚓

弱小无筋骨，翻田称大王。
功夫有太极，柔一克千刚。

蜜蜂

快活花丛舞，辛勤采蜜忙。
酿成甘玉露，座上饮琼浆。

蝴蝶

花开蝶乱飞，万态弄芳菲。
梁祝今何处？翩翩比翼归。

蜗牛

蜗居背铁甲，负重蠕征途。
世上多风雨，人间几屋奴？

刺猬

红尘多险恶，洞里也难藏。
幸有浑身刺，谁能把我伤？

苍蝇

嗡嗡四处飞，闻腐聚成堆。
朗朗乾坤在，双规你变灰。

蚊子

嗜血已成性，偏寻肉品尝。
邪门播毒菌，不敢见阳光。

蟑螂

披上黑衣裳，厨房盗食忙。
播菌居祸首，无处不遭殃。

白蚁

牙齿若刀锋，楼墙被噬空。
灭除不彻底，后患必无穷。

蚂蚁

嘴尖穿大坝，齿利噬千楼。
其气可移山，其威可覆舟。

乌鸦

栖息老枝尾，乌身大嘴巴。
哀啼闻者怨，反哺众人夸。

麻雀

高楼无屋檐，麻雀相离远。
举目不曾见，围桌橹几圈。

猫头鹰

双眼比灯明，身灵夜出勤。
捉拿贼鼠辈，除害立功勋。

海龟

频频潜海底，观境写新篇。
不屑浮名诱，延延寿万年。

桑蚕

卵出献身亡，婵娥做嫁妆。

丝绸有古道，百载历沧桑。

蝉

身居百丈高，却说你知了。

无日不喧闹，难分昼与晓。

2017 年 6 月 10 日

悼念周恩来总理

噩耗惊天下，山河共举哀。

五洲悲作雨，四海泪成灾。

尽瘁流心血，亲躬入眼裁。

音容摧脏腑，世代缅恩来！

1976 年 1 月 8 日

官 腐

内地正开放，单刀赴战场。
出师还未捷，心绪已忧伤。
盏盏酒千寝，娇娇贴九肠。
一场官晚宴，三载庶民粮。

1988 年 4 月 1 日

庆"神五"游太空

神龙游太空，圆了梦相逢。
喜讯鸣双耳，豪情醉几盅。
香江花怒放，粤海映旗红。
科技飞翔里，攻坚路路通。

2003 年 10 月 15 日

中 秋

年复中秋节，吾心盼月圆。
人间风雨骤，天上梦魂牵。
画饼穿云雾，悯农体圣贤。
儿孙思此乐，俯仰对青天。

2012 年中秋

感恩节感怀

滴水报恩泉，青山德倚天。
江河声久远，湖海品深源。
上善心为美，清纯眼带缘。
人将开此悟，快乐度流年。

2014 年 11 月 27 日

当今戾气多

举头天笋拔，俯首泪成河！
财富高增长，人情滑下坡。
樽前仁义少，心底恶言多。
凌弱欺童叟，钱权几奈何？

2015 年 5 月 24 日于花都

登王子山

不见真王子，深山可有仙？
蜿蜒林路窄，险峻石藤牵。
鸟语青山翠，幽林藏玉泉。
风光宜养性，日暮尚流连！

2015 年 5 月 30 日

端 阳

蒲艾正飘香，千家裹粽忙。
思贤嗟屈子，投笔恨怀王。
奸佞如虚土，忠臣若锦囊。
离骚吹一曲，痛转九回肠。

2015 年 6 月 20 日

从化采荔枝

日出遍山红，岭南瓜果丰。
呼朋欣结侣，旧地喜重逢。
啖品三千粒，甜夸四五农。
莫言妃子笑，坡叟最情钟。

2015 年 6 月 28 日

注释

苏东坡诗云："日啖荔枝三百颗，不辞长作岭南人。"三千粒在这里做夸张也！

悼艾跃进教授

山河万里哀，驾鹤影低徊。
吾失网师友，国呼梁柱材。
铮铮山岳骨，浩浩海江台。
君有凌云志，还期子美来。

2016 年 4 月 24 日

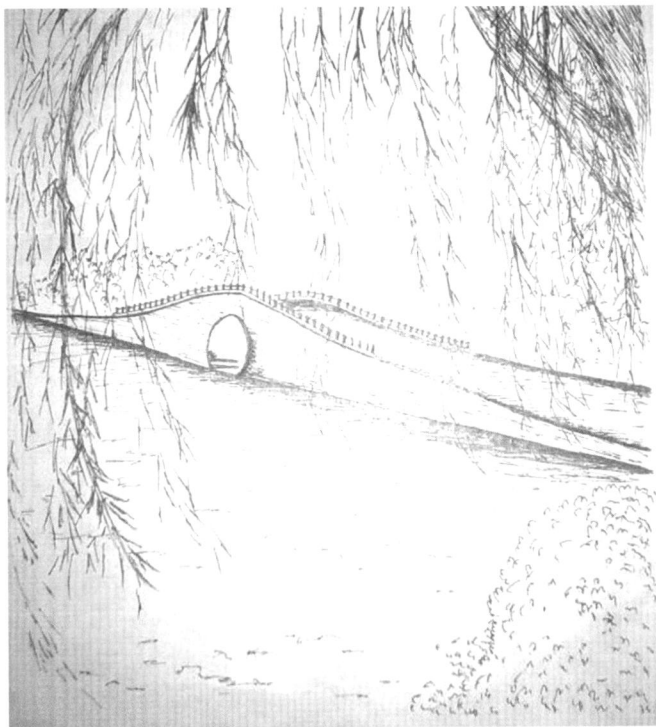

九寨沟地震

天府又逢灾，山崩地裂哀。
荧屏不忍看，瓦砾掩歌台。
十万灾民急，八方送暖来。
疮痍待精治，美景剪新裁。

2017 年 8 月 9 日

纸 鸢

扶摇上九天，摆尾舞翩跹。
借势飞腾达，全凭一线牵。

2017 年 8 月 16 日

卷二
七言律绝

彷　徨

欲别神州辞故乡，心思报国涕汪洋。
喧嚣世相无宁日，热血襟怀枉断肠。

1978 年 12 月 1 日

世态炎凉

醉醒浮生扰世音，飘零江海任浮沉。
人情刺骨锥心痛，阅尽沧桑眼如针。

1980 年 1 月 8 日于香港

自　勉

黄天不负有心名，振业艰辛略有成。
发奋图强终有报，栉风沐雨虎山行。

1994 年 5 月 8 日

注释

藏头诗：黄振发。

答友人

成功失败不由天，各有前因各有缘。
诚信勤俭偶来运，江湖声色艺俱全。

1995 年 5 月 9 日

劝卢倩女士

心境宽宏万事通，花开花落两从容。
如烟往事何堪恋？潇洒悠然春意融。

1995 年 5 月 20 日于美国 Tucson

商　旅

走马行云气若虹，来如闪电去如风。
忠肝义胆迎商战，恰似孤鸿游太空。

1998 年 3 月 5 日

赞黄山松

铁枝青翠刺苍穹，覆雨翻云立险峰。
崖壁扎根天下仰，凝霜傲雪露峥嵘。

2002 年 2 月

忆少年

凛然倩影少年时，瘦狗山巅展俊姿。
总总从前多少梦，重寻俯首尽如诗。

2003 年 1 月 3 日（为我班同学 1966 年登高题照）

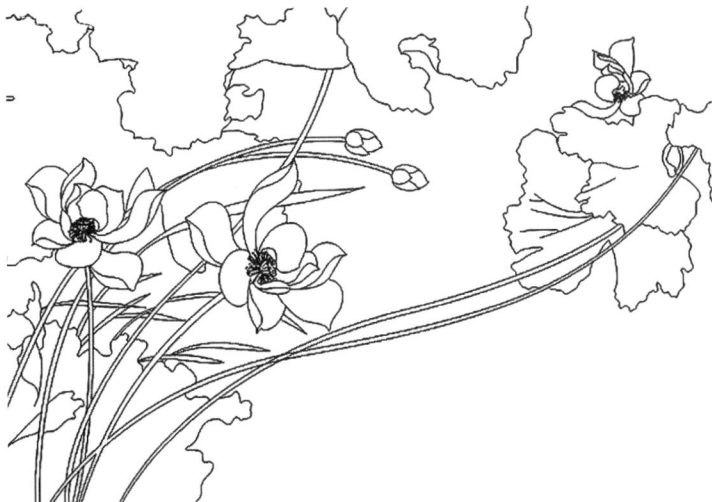

梦圆世博会

题记：花都珠宝商会会长黄维崧先生，组织全体会员参观游览上海世博会。

一

商会成群世博游，醒狮神笔写春秋。

精英汇集开般若，改革创新竞风流。

二

百年世博梦成真，四海扬名舞大千。

万国纷呈来展览，人流如海鼓喧天。

三

申城旧貌换新颜，绚烂风光喜空前。

今日巨龙腾地起，中华历史谱新篇。

2010 年 6 月 8 日

赠张萍同事

成功自古多争博，且莫逢人说奈何。

苦辣酸甜都吃尽，江湖行走泪成河。

2010 年 11 月 10 日

香港元霄节花市

题记：元宵节观赏花市"东风第一枝"。

金橘呈祥万象新，桃枝摇曳弄弦琴。
花团锦簇争芳艳，一束红花一颗心。

2012 年 2 月 15 日

游橘子洲

一

五十年前橘子洲，也曾击水看飞舟。
湘江北去声犹在，喜道田园橘子优。

二

伟人潇洒立潮头，四海风云眼底收。
雅韵华章昭万代，光辉思想照千秋。

三

一代天骄航掌舵，中流击水主沉浮。
峥嵘岁月犹堪记，满目青山满目楼。

2013 年 6 月 8 日

劲　松

笑看红尘一劲松，呼云唤雾郁葱茏。

身姿挺拔迎风雨，绝顶擎崖我若峰。

2013 年 8 月 2 日

呼伦贝尔草原游

荒原万里莽苍苍，草动风吹满目羊。

将军真情献哼哈，佳肴美酒奶茶香。

2013 年 8 月 5 日

注释

　　在花都珠宝商会会长黄维崧带领下，我会三十余会员到呼伦贝尔草原旅游。哼哈即是哈达，表示对贵宾的敬重。

览深圳书城

书城阅览墨幽香，列座千君皆智囊。

知识源泉取不尽，游人陶醉入诗乡。

2013 年 8 月 20

端阳（新韵）

遥望汨罗思屈原，民间千古愤沉冤。
忠魂自有后人祭，一曲离骚开纪元。

2014 年 5 月 30 日

公祭日

惨绝人寰不忍听，今时公祭愤难平！
警钟长啸史为鉴，振兴中华慰屈灵。

2014 年 12 月 13 日

尼泊尔地震

地裂天崩心发慌，救援团队赴灾场。
抬头忽见亲人面，心涌江河满眼眶。

2015 年 4 月 2 日

清蒸鱼

香菜酱油姜豉葱，天池盖入十分功。
皮开肉嫩材鲜美，回味百般齿舌中！

2015 年 6 月 14 日

注释

"豉"指蒸鱼豉油。皮开：刀切几道口。

晚　秋

红枫摇曳展风华，灿烂余晖胜海霞。
不与群芳争美色，诗人陶醉笔生花。

2015 年 10 月 6 日

楼价暴涨

题记：有感上海、杭州、深圳数千人连夜排队抢楼。

飞天楼价震寰宇，煽火官商巧煮鱼。
十室九空皆有主，庶民何处觅蜗居？

2016 年 3 月

学诗之旅

诗山有路攀登苦，巧遇龙儿献秘方。
不枉此行千里路，春风送暖百花香。

2017 年 4 月 19 日

附：黄荞诗

重洋远渡来看我，把酒言欢话短长。
自古友情真道义，煮茶乐在此间香。

2017 年 4 月 17 日

瞻仰人民英雄纪念碑

玉碑肃穆立云中，血染红旗飘太空。
伟绩丰功光万世，英雄浩气贯长虹。

2017 年 4 月 18 日于北京

贺中方净化科技有限公司开业

中方骏业百花开，龙凤呈祥列队来。
流入玉泉家万户，宏图大展水生财。

2017 年 5 月 5 日

赞 "一带一路"

一

驼铃古道渊源长，一带风光一路香。
万国群英京聚首，高坛凝智创辉煌。

二

张骞出使通西域，郑和航船跨大洋。
贸易繁荣成史话，八方朝拜国荣光。

三

炎黄智慧放光芒，描绘蓝图纳四方。
同济五洲共进退，雄鹰展翅任翱翔。

四

一唱雄鸡天下舞，千军万马壮西行。
英雄带路谋高远，互利包容创共赢。

2017 年 5 月 16 日

品 茗

一

闲来邀友煮新茶，二度飘香气味佳。
品出浮生三百味，甘甜酸苦亦精华。

二

山川灵气沐芳香，嫩叶初开醉夕阳。
无话不聊长或短，清心一盏到前唐。

2017 年 5 月 25 日

港珠澳大桥主体贯通

一

腾空穿地一蛟龙，粤海湾区三地通。
经贸往来呈快捷，繁华共享乐无穷。

二

炎黄智慧贯长虹，百里飞驰展霁风。
多少攻关堪第一，八年苦战铸神工。

三

五洲奇迹众人夸，一串明珠耀大华。
沧海如今通坦道，伶仃洋上见奇葩。

2017 年 7 月 8 日

沙场大阅兵

题记：庆祝中国人民解放军建军 90 周年，威武雄壮的官兵列阵沙场，在朱日和训练基地，接受习主席的检阅。

沙场阅兵扬国威，雄师震吼响如雷。
军魂铸就倚天剑，万马千军杀敌回。

2017 年 7 月 30 日

赠黄耀民老师

题记：黄耀民是我中学时的老师，相别近50载，今日相逢，特感亲切。回顾往事，百感交集，特写此诗赠之。

春秋五十太匆匆，夕照繁花别样红。
情谊常如一壶酒，贮存越久越香浓。

2017 年 8 月 13 日

哀悼毛泽东主席

风流人物数今朝，辟地开天铁俊傣。
慧眼神通千万里，诗思气盖十三朝。
惊闻北斗星沉落，忽涕银河泪雨飘。
八亿苍生齐恸哭，哭声直上九云霄。

1976 年 9 月 9 日

天涯若比邻

题记：内弟郭文福从印度尼西亚来美探望我，临别时依依不舍，写此诗送之。

依稀昨日羊城见，儿女如今忽结群。
遗恨人生长或短，可怜世事合还分。
相思纵有重逢日，命运何来消息闻？
但愿此心如明月，天涯再远亦如邻。

1999 年 1 月 1 日元旦于罗省

登黄山

攀越危崖立险峰，烟波万顷起朦胧。
狂歌一曲风云涌，俯仰千秋岱岳空。
识得莲花方入境，沉迷世相岂从容？
天都几人能看破，阅历常如迎客松。

2001 年 2 月

花都游感怀

月光如水竟如潮，花市一游意未消。
城里情郎都好客，席间阿妹竟苗条。
地灵人杰客家旺，山水秀全分外娇。
有幸余生常住此，诗情激起向天飙！

2002 年 6 月 18 日

赠李聪同事

同事难逢意气投，射雕斩虎不称侯。
惊涛骇浪寻常看，碧海青天且放舟。
茶酌三杯何怨苦？酒斟数盏莫添愁。
齐心自有擎天力，共为光明照海畴。

2002 年 10 月 5 日于洛城

同窗聚

题记：离别四十六年，原华中同班同学宋文和，从美国来港，和黄昆民等同学相聚。

昔日同窗聚酒楼，樽前谈笑话春秋。
三千往事心潮涌，五百田横热泪流。
老辣风云多变幻，少年情谊永相留。
韶华容易如春逝，昨日青丝今白头。

2002 年 11 月 23 日于香港

六十抒怀

都说人生路漫长，蓦然回首鬓如霜。
飘零半世风兼雨，菊淡双眸苦亦香。
笔下三言添往事，胸中五味俱文章。
坐看日暮黄昏美，片片红枫恋夕阳。

2005 年 8 月 25 日

祝　寿

题记：我女儿和小孙为我祝寿，赋诗一首。

祝寿儿孙喜眼前，几多辛苦化甘甜。
曾经沧海骑鲸度，此刻青山养鹤年。
夫好弄孙家道乐，妻贤子孝暖心田。
开怀一笑今宵饮，幸福安康月永圆。

2013 年 8 月 25 日

天网防空

海疆坚守布围棋，天网恢恢寻战机。
蜀犬狂嚣惊日出，黔驴技废失前蹄。
长城十亿皆英杰，打马千秋举义旗。
倭寇敢来侵犯我，火烧眉目灭亡之。

2014 年 1 月 6 日

甲午祭国殇

千古国殇含泪闻，顿胸疾首每空群。
满朝腐朽屈和议，破碎山河玉斧焚。
樯橹沉波犹可鉴，金陵喋血雨花魂。
火牛奇阵迎凶战，弓弩便为伏地坟。

2014 年 2 月 7 日

新　政

春风化雨沁心扉，礼义耻廉今古维。
拒腐濯污匡正气，八风洁政铸金辉。
合纵横陈惊狼虎，樯橹越洋宣国威。
改革艰辛湍水急，旌旗猎猎踏浪归。

2014 年 2 月 13 日

东莞扫黄

广厦霓虹风雨潇，性都昨夜起狂飙。

三千盾甲驰阴地，十万秋娘卷大潮。

打黑须知掀伞盖，扫黄务必铲鸱巢。

风靡俗世开钱眼，正气沉沦恨未消。

2014 年 2 月 20 日

战雾霾

题记：李克强宣布中国对雾霾宣战。

昏天暗地雾浓霾，无处藏身倍可哀。
四海贪渔千里孽，七分人祸九分灾。
山河笼罩谁污染？囱毒狂喷满地癌。
闻说习风翻怒雨，蓝天喜盼绿水来。

2014 年 3 月 14 日

感　悟

历尽沧桑品暖凉，回眸难舍旧时光。
当年偏爱阳春曲，今日无为慈善章。
人世三杯杜康酒，功名一碗孟婆汤。
清风两袖任来去，悟到宽怀始健康！

2014 年 3 月 22 日

今日雷雨

压城黑雾意如何？阵阵雷声蕴世波。

六合兴亡随北阙，三江涨落有沉疴！

权钱游走陶朱梦，何奈刍莞血泪多。

衰鬓不忘家国事，铮铮风骨任消磨。

2014 年 3 月 30 日于广州

同窗聚会

荏苒光阴五十春，同窗旧事记犹新。
三年苦读磨心志，四海乡情入眼神。
冲出校门经世坎，拈来瘦草识根贫。
夕阳秋照催人老，依样襟怀论古邻。

2014 年 5 月 11 日

忆五十年前往事

公诚勤朴自前贤，辘辘饥肠日夜煎。
年少常怀中国梦，一冲跃向接侨舷。
他乡莫道山无路，祖国亲情水拍天。
岁月风华留不住，每从羁旅忆当年。

2014 年 6 月 8 日

注释

公诚勤朴：椰城中华中学校训，出自法、儒、墨、道四大家。接侨舷是指接侨生回国的光华轮，因生活窘迫，无依无靠，学业已无以为继，更无钱买船票，不得已乘送同学回国之机一去不返。不料却得到祖国相关部门的热烈欢迎和款待，生活上给予无微不至的关怀和照顾，使我热泪盈眶感动不已，终生难以忘怀。

忆包公

刚正不阿廉洁风，无私铁面砺英雄。
三尊铜铡惩贪腐，一策安良事必躬。
石碣家风铭铁柱，乾坤正气满苍穹。
自身打虎还需硬，党纪严明铸此公。

2014 年 7 月 1 日

附：包拯拒皇帝礼物诗

铁面无私丹心忠，做官最忌念叨功。
操劳本是分内事，拒礼为开廉洁风。

感　时

清谈夷甫误苍生，实干兴邦习大成。
自古沉沦贪作孽，从来励治晏河清。
疗伤刮骨关成败，清腐驱邪敢作横。
扫尽阴霾红日出，清辉到处耀光明。

2014 年 7 月 10 日

国情：次韵习近平《军民情》

拨开霾雾洗天青，扫净尘埃万象新。
掬雨留香花绽蕊，迎春接福鸟怡心。
驱蝇打虎宏图远，滤水扶山谋略深。
厚薄兴亡须鉴史，国昌民富要强军。

2014 年 8 月 2 日

农家乐

郁郁葱葱半山间，小桥流水袅炊烟。
闻声远浦鸡鹅闹，近赏苗庄瓜果鲜。
田舍忙中无酒兴，农家院里有诗缘。
品茶叙旧人情暖，珠宝城边笑脸燃。

2014 年 8 月 15 日

华侨多爱国

何故华侨多爱国？缘由世代受煎磨。

掀开离散辛酸史，唱出飘零血泪歌。

无奈居人屋檐下，可怜风雨咽江河。

今朝国强军威壮，吾辈不再是藤萝。

2014 年 8 月 18 日

注释

藤萝指的是孤儿。

尼泊尔强震

噩耗传来裂地掀，惊观报导眼光悬。
废墟泥瓦如山塌，骨肉分离似水煎。
含泪亲朋千滴血，真情义士万方牵。
人间大爱持心力，救度难关共倚天。

2015 年 4 月 28 日

附：田梦民同学原玉

天河一别五十年，重逢花芳变松颜。
风雨同舟天涯路，日兴月沉共苦甜。
千里寒窗亲不在，万顷中土起尘烟。
耕读违愿事耕夫，潋滟光华晒胶园。

赞屠呦呦

诺奖三无科学家，精研丹药展才华。
鹿鸣呦呦尝蒿草，襟为仁仁碾苦茶。
利禄功名皆粪土，滥竽院士俱昙花。
悬壶济世酬心愿，巾帼英雄举世夸。

2015 年 10 月 8 日

祭奠黄维崧会长

噩耗惊闻倍感伤，踉跄脚步叩灵堂。
烧香三拜心尤碎，欲语千言泪敛藏。
大雅一生留足迹，慈祥两面吐芬芳。
愿君一路扬花雨，仙酒天堂万古香。

2015 年 7 月 10 日

注释

仙酒：会长为人慈悲为怀，助人为乐，是小糊涂仙白酒的老板，他最喜欢喝小糊涂仙酒。

瞻洪秀全故居

天朝甸亩聚英才，上帝天王捧上台。

官逼贫民揭竿起，人因乱世发鸣雷。

萧墙祸起增淫孽，风雨飘摇弑达开。

一霎辉煌成历史，初心忘却最悲哀！

2015 年 8 月 23 日

缅怀周总理逝世四十周年

一身正气墨眉侵，瘦骨鞠躬肩肘沉。

日理文章操国事，时忧天下悉民音。

伍豪破壁坚尝胆，诸葛捐躯证苦心。

今日缅怀周总理，苍生亿万泪盈襟！

2016 年 1 月 8 日

注释

　　悉民音：1967 年"文革"期间，我们广州红卫兵在广州东较场绝食。虽饥肠辘辘，浑身无力，仍愿以死相随。到第三天总理打电话来："同学们：你们要爱护身体，吃饱饭，睡好觉，养足精神干革命。"当时从广播里反复听到总理的声音，一股暖流涌上心头，总理日理万机还这么关心我们，许多人都感动得流泪，决定听总理的话，各自散去。这几句话，藏在我心里，几十年永不忘怀。伍豪破壁坚尝胆：周总理年轻时有诗："面壁十年图破壁，难酬蹈海亦英雄。"

· 047 ·

纪念毛主席逝世四十周年

四十年前举世哀，迄今黎庶不忘怀。
烦心只为鸦鸣噪，放眼偏知梅再开。
韶岭龙腾新世界，珠江凤扫旧尘埃。
丰功自可垂青史，旗展春风后辈来。

2016 年 9 月 9 日

重游北京

燕京四月艳阳天，万物争春气象妍。
广厦万间平地起，胡居千里写新篇。
英雄碑下人头涌，我上城楼忆昔年。
欢聚长城情义重，品茶论道乐无边。

2017 年 4 月 23 日

师生聚会感怀

别去沧桑五十年，天南地北总相牵。
书声堪忆那时日，师语方知别后贤。
把盏言欢谈子美，抚琴邀月醉心弦。
凝眸夕照桑榆晚，喜见红霞铺满天。

2017 年 8 月 13 日

赞子弟兵澳门救灾

天鸽凌风千里徊，翻江倒海动南垓。
澳门肆虐史无例，我赞官兵结队来。

2017 年 8 月 25 日

卷三
杂诗

四十抒怀

四十韶华年少，哪堪岁月云消。
昔时荜路蓝缕，如今踏浪弄潮。
机遇难逢把握好，善于拼搏宝中宝。
扬鞭策马，莫负今朝。

1985 年 8 月 25 日

沙漠仙人掌

神奇仙人掌，荒漠称大王。

暴旱难不倒，酷炎傲骄阳。

任凭风沙虐，不惧冰与霜。

铁骨铮铮汉，展臂向穹苍。

何如披针刺？警防野兽伤。

浑身皆是宝，嫩汁透心凉。

无私做奉献，孤寂赖张扬。

不慕百花艳，青翠胜芳香。

2001 年年初秋于美国 Tucson

注释

十多年来，我和同事们几乎每年都到 Tucson 参加或参观珠宝展。从 L.A. 驱车经过美丽的凤凰城（Phoenix），同时也穿越那寸草不生的荒芜沙漠。唯独一簇簇的仙人掌绿意苍苍，耐住干旱，顶着烈阳，顽强地生长着，令人肃然起敬。

工友来访

少年工友，志腾最棒。
大我三岁，犹如兄长。
同是赤贫，又是同乡。
六二年夏，各奔一方。
五十余年，未曾互访。
今年初秋，突闻铃响。
千里迢迢，登门探望。
乡音未改，白发苍苍。
夜深人静，话语尤长。
五九年秋，同入矿场。
砍下矮青，扛到路旁。
虫蛇凶猛，你在前方。
下水挖石，手脚冰凉。
皮肤磨损，小事一桩。
流血流汗，实属平常。
偶发纠纷，有你圆场。
遇到困难，有你帮忙。
崇高品德，令人敬仰。
无奈祖辈，都是文盲。
父亲操劳，卧病在床。

母亲勤俭，养鸡放羊。

耕田种菜，全家帮忙。

老小十口，衣食勉强。

哪知地下，锡矿隐藏。

资本世界，利益至上。

立即开采，无须商量。

良田被毁，不予补偿。

殖民掠夺，丧失天良。

回顾往事，徒增悲伤。

举杯共祝，身心健康。

挚友情谊，地久天长！

2012 年 9 月 30 日

谈 诗

诗舒情怀，表露心声。
无须浮华，贵在真诚。
阳春白雪，下里巴人。
雅俗共赏，愉心怡神。
红尘往事，物我情缘。
山山水水，皆入诗篇。
琼浆佳肴，美味香甜。
陶冶性灵，享乐天年。

2017 年 4 月 1 日

卷四
散曲

【中吕·山坡羊】汶川地震天兵降

题记：2008年5月12日，四川汶川发生里氏8级大地震。山河移位，满目疮痍。交通、通信中断，居民生死未卜。解放军和武警部队第一时间如天兵天将，救死扶伤，义无反顾，夜以继日，奋战在抗灾第一线。

山河摇晃，官民悲壮。排灾解难天兵降。救残伤，筑桥梁。家园再建留希望。父辈老乡心正绽放。军，你好棒；民，做榜样。

2008年5月15日

【中吕·山坡羊】骗子

题记：1993—1994 年我和美国及香港友人在中山合资开办公司，珠海扩展开山填土工程。骗子们甜言蜜语，不知廉耻，花样百出，公司屡屡上当受骗，损失惨重。

衣冠禽兽，心机割肉。花言巧语皮囊臭。眼藏钩，貌能偷。天生歪嘴脸皮厚。骗子哪来难摸得透，贪，要折寿；人，怎得救？

2017 年 2 月 10 日修改

【中吕·山坡羊】猴年

江湖澎湃，人心豪迈。猴王接福民安泰。运门开，棒呼来。齐天大圣招招快。万里山河霾换了彩。名，冠四海；年，最气派。

2016 年 2 月 13 日

【中吕·山坡羊】江湖"神医"

江湖歪道，神医堪笑。回春妙手灵丹药。射金雕，戏曹操。牛皮吹得风云爆。可惜病人还死掉了。言，不害臊；行，不害臊！

2016 年 6 月

【中吕·山坡羊】赞习总书记精准扶贫

东风神韵，不辞劳顿。千方百计纾民困。走乡村，入寒门。油盐柴米频频问。政策扶贫求准稳。山，也敬君；川，也敬君。

2017 年 5 月 27 日

【中吕·山坡羊】南海军演

题记：美航母频频驶入南海。我海军三大舰队联合军演，亮剑南海，针锋相对。

南天如怒，涛声如诉。海疆万里乌云密布。试长矛，剑飞舞。三支舰队何威武！以战迫和擂劲鼓。军，捍国土；演，驱山姆。

2014 年 7 月 18 日

【中吕·山坡羊】为官

为官何患？清廉何憾？人生自古穷于算。正衣冠,警毫端。人民公仆玄碑传。包拯焦卿恩哪可断？官，你莫贪；钱，你莫沾。

2017 年 2 月 15 日

【中吕·山坡羊】李后主

千秋词帝，苍凉如戏。生将后主朝朝泣。祸流离，色深迷。凄凉旧国何堪忆？心念发妻王灭了气。言，几痛惜？思，悔莫及。

2017 年 3 月 15 日

【中吕·山坡羊】孙中山

先躯革命，沙场骨硬。三民主义东风劲。覆清廷，悉民情。根除旧疾强邦竞！兴亡此际谋新径，不负此生真国父姓。人，可战胜；言，摆得正！

2017 年 3 月 15 日

【中吕·山坡羊】朋友

精诚为上，交心陈酿。真情患难才悲壮。忆他乡，曲丝长。知音若海鸣风浪。同唱古今心口上亮。君，可探访；言，互礼让！

2017 年 3 月 17 日

【中吕·山坡羊】游花都湖

春归何处？清风寻路。天澄梦影桃花渡。柳丝姝，浪飞兔。花都水底星云宿。远客游人歌簇着舞。山，美在雾；湖，逐着鹭。

2017 年 3 月 18 日

【中吕·山坡羊】宋江

盐沾嘴上，功名难忘。替天行道糊涂账。盼招降，宋时江。军师死后谁陪葬？好汉李逵空膀子壮！兴，水浒浪；亡，水浒将！

注释

宋江在《满江红·喜遇重阳》一词中写道："望天王降诏，早招安，心方足。"

2017 年 3 月 25 日

【中吕·山坡羊】曹操

　　能臣治国，奸雄定夺。匡扶汉室曹依郭。逆贼多，势当罗。建安风骨才惊卓。古道沙场谁写了过？诗，洒了脱；人，也有错！

2017 年 3 月 26 日

【中吕·山坡羊】秦始皇

　　坑儒称霸，功垂华夏。文人士子千秋骂。国如家，月流华。长城楚汉声名炸。天下民心归顺了罢。兴，是史话；亡，是史话。

2017 年 3 月 27 日

【中吕·山坡羊】清明悼周恩来总理

　　殚精竭虑，英雄无忌。为民沥血平生意。不为名，不为私。有仁有道有情义。无产无碑无子女。功，要铭记；德，要铭记。

2017 年 4 月 5 日清明节

【中吕·山坡羊】人生短暂

人生短暂，诸多忧患。风吹雨打家常饭。寡清欢，聚还散。功名利禄皆虚幻。胸怀坦荡与人为善。贫，也心宽；富，也淡然。

2017 年 5 月 31 日

【中吕·山坡羊】咏岳飞

丰碑高耸，气如长虹。忠臣千载人称颂。仰天呼，满江红。奇冤无奈埋心中。横扫贼军八万里。生，也英雄；死，也英雄。

2017 年 6 月 11 日

卷五
词

十六字令·缘

一

缘。万里寻师美梦圆。书房里，泼墨写人间。

二

缘。海角天涯一念牵。巫山远，古韵把心连。

三

缘。流水高山韵万年。知音好，纤指弄琴弦。

四

缘。三世修来再世缘。相携手，万里共婵娟。

2017 年 5 月 28 日

十六字令·春夏秋冬

春

春。蜂蝶飞来采蜜勤。心如愿，辛苦也缤纷。
春。风卷乌霾扫猢狲。雄鸡唱，欢笑满乾坤。

夏

夏。山川秀美真如画。百花妍，熏风送万家。
夏。烈日当空似火煎。农民苦，禾下汗如泉。

秋

秋。落尽残红不肯休。狂飙动，滚滚大江流。
秋。稻麦随风起浪波。心欢畅，百姓庆丰收。

冬

冬。飞雪飘飘日映红。银装美，流韵壮东风。
冬。磨砺人寰也有功。松梅志，昂首盼春踪。

2017 年 5 月 29 日

十六字令·兰梅菊竹松

兰

兰。幽谷迎风淡淡寒。馨香重,翰墨写非凡。
兰。一寸芳心不惹尘。弥香远,淡雅入诗频。

梅

梅。瑞雪藏娇点点红。妖姿艳,芳心伴青松。
梅。暗自飘香想念谁?花枝俏,默默待春归。

菊

菊。独醉寒霜圣洁躯。幽香处,岁岁伴陶居。
菊。百卉凋零我送花。清香艳,走入美人家。

竹

竹。绿叶随风洒自如。虚怀谷,优雅显不俗。
竹。坚韧高节不染污。真君子,自古入诗书。

松

松。傲雪披霜立险峰。凌云志,浩气贯长虹。
松。万木丛中我为雄。迎风雪,岁岁笑苍穹。

2017 年 5 月 30 日

十六字令 · 难

题记：老同学陈建华是诗词书画爱好者。昨天微信我道："写诗平仄真太难"，填此小令共勉之。

一

难。绝壁悬崖骏马攀。雄心在，勇者越峰峦。

二

难。亿万诗书任你翻。天天练，平仄能过关。

三

难。无字诗书写不凡。心灵悟，胜过吃仙丹。

四

难。攀过一山又一山。回头望，美景数不完。

五

难。不懈坚持斗志顽。长才智，诗韵啸云端。

2017 年 6 月 14 日

十六字令·关

一

关。虎踞龙盘万仞山。雄心在，智者勇登攀。

二

关。破釜沉舟不一般。方天戟，飞将斩凶顽。

三

关。万里长征血斑斑。擎天志，正气可吞山。

四

关。榨尽民膏骨肉残。齐声唤，打虎地天翻。

五

关。骏马奔腾闯险滩。同携手，艰苦也欣欢。

六

关。越过浮生九曲弯。山河绣，无处不斑斓。

2017 年 6 月 18 日

十六字令·龙

一

龙。腾云驾雾舞太空。风雨霁，天际现霓虹。

二

龙。不见身形不见踪。乘时变，显隐有神通。

三

龙。坚韧顽强似劲松。中华志，豪气傲苍穹。

2017 年 6 月 20 日

天净沙·庆国产航母下水

　　国产航母驰飞，护疆彰显军威。大地欢声如雷。扬眉吐气，世间舍我其谁？

2017 年 4 月 26 日

鹧鸪天·从化山头度假

偕友郊游去踏青，浮生难得有闲情。青山景色如图画，流水旋音胜古筝。　　天地转，日月行。雄鸡一唱又天明。殷勤小鸟频频问，尘世何时享太平？

2002 年 7 月于从化

鹧鸪天·过山车

酷似蛟龙戏险峰，越过春夏又秋冬。弯弯曲曲山峦路，跌宕沉浮兴致浓。　　凌空舞，笑苍穹。人生辗转有穷通。古今多少难平事，雨后天边见彩虹。

2013 年 8 月于香港

鹧鸪天·游澎湖列岛

同仁结伴步旅途，乘风破浪到澎湖。间间庙宇皆神话，明媚风光酒一壶。　　爬陡谷，看飞凫。居民勤朴进家厨。县长亲自来招待，敬酒斟茶送画瑚。

2014 年 6 月于台北

长相思·温柔在此间

情牵牵，意绵绵，蜜意浓浓心养田，山长水枕天。
怕婵娟，已婵娟，今古鸳鸯不羡仙，温柔人世间。

1998 年 12 月 12 日于从化

长相思·多灾多难

震云南，旱河南，人祸天灾不一般，忧思夜抚栏。
路行难，救灾难，破瓦残砖心战寒，齐心过难关。

2014 年 8 月 8 日

长相思·七一庆回归

喜融融，乐融融，打鼓敲锣兴致浓，荆花盈笑容。
看烟花，舞金龙，绚丽花车迷眼瞳，风华贯彩虹。

2015 年 7 月 1 日

浪淘沙 · 蒹葭

性本若蒹葭，根在泥沙。绿萍依柳泽铅华。憔悴青衫思远道，身寄寒鸦。　　春色正催花，孕育奇葩。五湖四海客为家。风景这边无限好，人在天涯！

1991 年春于温哥华

浪淘沙 · 秋思

红叶染山岗，菊桂飘香。长空雁阵又南翔。老柳迎风摇曳里，几度秋凉。　　思绪远悠长，何处家乡？人生羁旅演无常。走遍天涯都是梦，梦也收藏。

1998 年深秋于 L.A.

浪淘沙·游九寨沟

花洗绿娉婷，天水澄明。瀑鸣幽谷远人声。鸡血田黄镂险峻，仙境香凝。　　忘却路难行，百鸟争鸣。夜来歌舞一身轻。羌汉藏民齐拥手，笑脸盈盈。

2001 年 1 月 5 日

注释

　　九寨沟是国家 5A 级旅游风景区，入选风景胜地世界遗产名录。九寨沟位于四川省阿坝藏族羌族自治州，以有九个藏族村寨而得名。九寨沟 50 平方公里的土地，遍布原始丛林、溪流、瀑布、湖泊。泉水晶莹剔透，澄澈如镜。湖泊色彩斑斓，美不胜收。瀑布气势雄伟，甚为壮观，在松林中，夕阳下，喷出的水花似万颗星星，闪闪烁烁，仿若人间仙境。

浪淘沙·咏梅

蜡染一枝花，美若仙葩。孤芳自赏绾年华。雪打冰欺浑不怕，笑隐天涯。　　向晚日西斜，竟惹飞霞。雁来春晚谢邻家。骤雨狂风争肆虐，心扣琵琶。

2006 年 2 月 1 日于洛城

浪淘沙·从化温泉

天水落人间，碧水澄天。山峦叠翠起苍烟。万丈飞涛腾地府，百鸟鸣渊。　　泉水可驱寒，活养容颜。名流雅士有诗篇。啖荔品茶碱泡脚，活似神仙。

2011 年 8 月 1 日

注释

天水：这里指天湖。位于温泉甲山山顶，一个人工湖，1972年筑大坝成水库。西北泉水自山巅飞下，似条条白带在空中飞舞，十分壮观，称"百丈瀑"。目前是从化重点的旅游区。有摩岩石刻"百尺飞涛泻漏天"，苏东坡《广州蒲涧寺（地产菖蒲，十二节。相传安期生之故居，始皇访之于此》诗句。借此，形容从化天湖百丈飞瀑。从化温泉有中南海的"冬都"之称。是少有的碱性温泉，含有碳酸盐类矿物质。对风湿，皮肤疾病有医疗作用，对美容抗衰老有功效，是广东著名的旅游胜地。

浪淘沙·海南三亚游

喷薄日东燃，海色弥天。白鸥逐浪水云间。椰岛来风人欲醉，飘洒悠闲。　　游客赛神仙，花绽娇颜。霓虹灯下听涛喧。曲罢余音情未了，心捻筝弦。

2012 年 2 月 22 日

浪淘沙·海口五公祠

唐宋五天梁，谪贬蛮荒。红墙黛瓦刻沧桑。自古忠臣多厄运，说也荒唐。　　奸佞口雌黄，昏聩君王。前贤铁骨铸诗章。公道千秋垂定论，百世流芳。

2012 年 2 月 24 日

注释

海口五公祠：系明代为纪念唐朝宰相李德裕和宋朝宰相李纲、赵鼎、李光及大臣胡栓遭贬琼崖而建。清光绪十五年重修，后又经多次修缮和扩建。组成文物古迹群，供世人瞻仰。如今是海南著名的旅游景点，树木葱郁，流水潺潺，有"琼崖胜景"和"海南第一楼"之称。

浪淘沙·三亚落笔洞

印岭景如仙，鸟语闲喧。幽深洞穴乱藤牵。犬马龟猴神斧削，断壁崖悬。　　滴乳泽千年，毓秀人间。凌空落笔写桑田。扬善除奸非幻梦，豪气冲天。

2012 年 2 月 25 日

注释

落笔洞：位于三亚市荔枝沟镇，印岭东面悬崖下。地形险峻，风景奇特。洞穴的中央，有两根钟乳柱垂吊，如巨笔悬空而得名。据明《正德琼台志》记载："石形如悬笔，笔尖滴水不断"，可见此洞古代已闻名于世。落笔洞至今流传着一个善恶有报的故事：古时，文曲星君双手握神笔在彩云上潜著天经仙典，因长年劳累，不慎将神笔掉落印岭，变成洞顶垂悬的两支巨笔，笔尖不断滴下仙水。仙人定下禁言：仙水只给诚实勤劳的人，若喝了此水，便会文思敏捷，挥毫成章，或发财致富，延年益寿。对权贵恶劳者，滴水不赐。据说有个贪婪十足的财主，手捧金盆进洞，看到笔尖仙水连珠，开怀大笑，可当他双手捧盆接水时，笔尖仙水顿停。当他一转身，笔尖滴水如泉。财主再接水再停，反复如是，财主脑羞成怒。带家丁打手，抡大锤打断笔尖。财主回家后，家道中落，穷困潦倒，一命呜呼！

浪淘沙·重振神龙，赞我军三海域同时军演

　　甲午又相逢，杀气重重。东山再起势峥嵘。沧海横流将怒吼，万箭穿空。　　演练铸军雄，卫国争功。沙场战火正熊熊。导弹千钧鸣宇宙，威武神龙。

2014 年 7 月 29 日

浪淘沙·碰壁苍蝇

　　人大察民情，天海共鸣。港人治港理清明。依法重迎民普选，笑脸盈盈。　　绕耳总闲哼，笑那苍蝇。南墙撞破乱争鸣。叛祖趋洋污历史，臭远扬名。

2014 年 9 月 5 日

浪淘沙·青松

雪雨压青松，骨节峥嵘。扎根岩石立奇峰。天地昆仑皆造化，任尔从容。　　蝼蚁打桩功，可笑雕虫。人间正道挤歪风。亲历严寒真胆识，谁是英雄？

2014 年 11 月 12 日

浪淘沙·炒股

股市起狂飙，惊险如潮。姑姨卖菜说阴招。赚得毫厘亏不少，大鳄包抄。　　小鬼比河妖，落网难逃。传媒经济一团糟。可叹金融虚拟了，捂紧荷包！

2015 年 4 月 25 日

浪淘沙·祭屈原

把酒酹端阳，谁解河殇？半生流放吟九章。壮志衣冠怀恨去，正气昂扬。　　昏色楚怀王，祸起萧墙。沧江屈子覆忠良。一曲离骚传万古，荡气回肠！

2016 年 6 月 9 日于香港

浪淘沙·南海风云

敌舰渡重洋，觑我南疆。野鸡法院莫嚣张。满纸虚言留笑柄，闹剧收场。　　炮弹已充膛，驱赶豺狼。敢教鸡犬俱成汤。蹈海翻江腾巨浪，犯我当亡！

2016 年 7 月 14 日

浪淘沙·寸土不让

小丑跳横梁，戏演荒唐。诸侯霸道似豺狼。倭寇离间施毒计，蛇蝎心肠。　　军演闪刀光，寸海昂扬。南沙自古属炎黄。敌敢还来侵犯我，教尔消亡。

2016 年 7 月 15 日

浪淘沙·登明长城镇虏关

沉睡万年龙，欲欲腾空。当年姜女不由衷。嬴政哪知今日事，遥忆英雄。　　昂首上城峰，快意诗翁。欢歌笑语乐无穷。美景如仙谁绘就，我问天宫。

注释

北京郊区怀柔木镇关长城盘旋于山背脊上，环绕在灏明湖畔，地势险要，攀上长城最高峰，观看秀美壮丽的奇景，心旷神怡，流连忘返。

2017 年 4 月 19 日

如梦令·知青岁月

一

昔日豪情千丈，酣战知青骁将。日洒泽胶苗，月出开荒全上。全上，全上，绘出南疆雄壮！

注释

早上5点出发割胶，中午12点到下午2点收胶水，晚饭后开始上山开荒。

二

劈石开山挖洞，誓把胶苗深种。盼树长高时，顶住台风频送。频送，频送，知否此情深重？

1969 年春

三

回忆山头酣战，绿水蓝天相伴。劳动最光荣，赤胆忠心堪赞。堪赞，堪赞，热血青春罗曼。

2012 年 12 月

注释

在五指山下开荒种胶。

附：陈建华原玉《如梦令·知青岁月》

披星戴月奋战，荒山胶林做伴。青春显峥嵘，艰苦创业实干。实干，实干，前途光明灿烂。

如梦令·雾霾

疑似遮天妖怪，烟雾真如无赖。口罩助游人，难抵阴霾滋害。滋害，滋害，立马清除鳌拜！

2013 年 2 月

如梦令·反省

　　革面洗心磨镜，整肃纪纲疗病。心对月悬灯，照得襟怀明性。清静，清静，信仰从身坚硬！

注释

　　习总书记倡导批评和自我批评，强调干部要"照镜子，正衣冠，洗洗澡，治治病"。

2013 年 6 月 20 日

如梦令·中国梦（庆两会成功）

　　四海波涛汹涌，万众欢呼雷动。两会展新风，捷报频频传送。传送，传送，重振中华新梦。

2014 年 3 月

如梦令·同窗聚会

一度年来相聚，表演妖娆添趣。五十年时光，多少樽前思绪！
思绪，思绪，辗转深情难叙。

2014 年 5 月 10 日

如梦令·落发

题记：借李清照《如梦令》韵。

江面浪高风骤，老仆不堪敬酒。落发弄悲情，怎奈群情依旧。知否？知否？犬马腿瘸皮瘦。

2014 年 9 月 10 日

如梦令·香港珠宝展

"海鸥"清洗雾霾，飞鸿列队纷来。珠宝彩光闪！贵宾喜笑颜开。开怀，开怀，凤姐别有心裁。

2014 年 9 月 19 日

注释

香港珠宝展前一夜，"海鸥"八号台风掠过香港。庆幸今日晴朗，贵客纷纷前来。

如梦令·闻王岐山访桐城"六尺巷"有感

宰相宽宏大量，邻里互相谦让。一纸寄家书，千古礼仪高尚。传唱，传唱，传递新风流畅。

2014 年 12 月 21 日

附：清·宰相张英诗书

千里捎书只为墙，让他三尺又何妨。

万里长城今犹在，不见当年秦始皇。

如梦令·日本芷江投降照片首次公布

浴血多年征战，赢得芷江宣判。旧照证如山，岂让倭妖翻案。翻案，翻案，鬼子阴魂未散！

2015 年 4 月 18 日

临江仙·参观毛主席故居

　　几舍茅庐千片瓦，一池莲叶清高。韶山冲里出英豪。文韬武略，松竹现风骚。　　功名盖世喷四海，江山从此多娇。莫言青史换王朝，蛟龙腾起，地动亦山摇。

2010 年 4 月 15 日

临江仙·男儿不畏寒

　　题记：闻老友落难，赋诗共勉之。

　　滚滚红尘何处欢？人生几许艰难。繁华似锦亦凋残。男儿胸有志，松竹更凌寒。　　跌宕人生经世事，坐行岂忍腰弯。云舒云卷自天然。风吹芳草绿，雨过见斑斓。

2010 年 8 月 30 日

临江仙·咏雪

降落人寰终是水，寒霜何惧如冰。飘飘洒洒总关情。冻梅装素裹，遍地闪晶莹。　　鸿爪雪泥留印迹，红尘飞舞难停。人间何处有闲庭？无端风又起，还我一身轻。

2012 年 2 月 25 日

临江仙·和一海粟《知青岁月》

壮志有为天地阔，青春何憾年华！高歌一曲伴云霞。陌间盈日照，草木已萌芽。　　大梦谁知人世改，纷纷过客天涯。玉壶煮酒论桑麻。知青甘苦事，细品一杯茶。

2012 年 12 月 31

附：一海粟《知青岁月》原玉

陇上春秋埋我憾，匆匆逝水年华。且随雁迹觅明霞。遥思阡陌暖，禾稼又抽芽。　　重来犁鞭成往昔，临风一棹天涯。冰壶篱下忆桑麻。青山云树远，甘苦入清茶。

临江仙·校庆

题记： 庆祝母校（广州华文学院原华侨补校）诞辰六十周年。

风雨兼程奔甲子，松梅仍旧葱茏。花香鸟语醉诗浓。萦怀遥入梦，往事忆峥嵘。　　辛苦园丁心血洒，满枝李绿桃红。名扬天下有奇功。文才惊四海，鸿雁沐东风。

2013 年 11 月 1 日

临江仙·纪念毛泽东诞辰一百二十周年

润泽人寰三万里，千秋旷世英雄。潜龙唤起战狂风。斩妖擒日寇，蒋帮暮途穷。　　开国庄严挥巨手，腾欢亿万工农。挥毫一扫旧时空。长安驰大道，豪唱《映山红》。

2013 年 12 月 26 日

临江仙·魂归来

题记：韩国归还我志愿军抗美援朝 437 具烈士遗骸。

依旧涛涛衣带水，青山记住英雄。豺狼美梦一场空。土枪撼大炮，血染战旗红。　　六十年来归故里，忠魂巧借东风。国旗盖骨显军雄。青山扬竹节，正气朗心胸。

2014 年 3 月 18 日

临江仙·侨友相聚

题记：相别五十余年，来自各地的印度尼西亚廖属新及侨友，相聚广州爱群大厦陶然居酒家。

五十春光都谢了，陶然一笑相迎。席间总找旧时朋。乡音还未改，白发已凋零。　　风雨人生如一梦，甘甜酸苦营营。千言万语话温馨。欣看斜日景，不老是乡情。

2014 年 9 月 6 日于广州

临江仙·庆祝国诞六十五周年

六十五年风兼雨，折难走向辉煌。狂欢未敢忘国殇。几多仁志士，血染战旗扬。　　龙旋九州惊雷动，革新开放兴邦。倡廉剜腐万年昌。神州圆梦日，醇酒祭炎黄。

2014 年 10 月 1 日于香港

临江仙·校友聚会

题记：告别半世纪的老同学从世界各地聚首九龙百乐门国际宴会厅。庆祝广州华侨补校香港校友会成立二十五周年。

半世浮沉风雨幻，同窗羁旅西东。欢呼今日喜相逢。白头心未老，歌罢满堂风。　　杯酒难消离别恨，此时牵手情浓。人生聚散苦匆匆。宽怀常望远，夕照晚霞红。

2016 年 5 月 15 日于香港

临江仙·师生聚会

斗转星移增岁月，师生聚首重逢。相迎笑脸语玲珑。领巾颈上系，志可击苍穹！　　沧海横流风赶浪，精英攀越奇峰。满园桃李满园红。人观天地远，境界朗心胸。

2017 年 1 月 25 日

注释

相别 42 年，今天由学生款待，召集师生聚会，情义满满，喜乐融融。三百多名师生出席。学生系上红领巾，誓不忘初心。学生中不少人成了各行各业的精英，有的是国家公务员，有的是国企骨干，有的是私企老板。看到他们事业有成，依然纯真活泼可爱，令我十分感动和欣慰。

蝶恋花·苦情凭谁诉

跃马横刀风雨路，万里疆场，辛苦凭谁诉。踏破铁鞋难迈步，回头不觉天涯暮。　　百战十年无定处，寂寞无弦，梦里留春住。滚滚红尘愁几度，人生苦乐三千赋。

1995 年 3 月 21 日于纽约

蝶恋花·欢迎唐新旭同事

题记：2006 年组建广州比力捷汽车配件有限公司，由于技术原因，迟迟未能投产，在迷茫之时，唐总工程师加入我们团队，一时感觉天都亮了。同事们个个眉笑眼开，看到希望，特填此词庆贺。

阅尽霜天春色到，旭照江南，遍地花开早。梦海迷茫终渐杳，扁舟从此东飞了。　　浪拍舷头须一笑，壮志情怀，还我多年少。路漫漫其修远兮，掌击此刻心知晓。

2007 年 3 月 15 日于花都

满江红·庆香港回归

百载沧桑，民族恨，悲伤难歇。是英夷，势依炮舰，霸横作孽。腐败清廷无力抗，辱华条约昏天月。失疆土，志士泪横流，金瓯缺。　　兴国运，心欢悦，红旗展，洋奴灭。醒狮声怒吼，地崩山裂。大国风仪添两制，目瞻葡澳舒眉睫。望台瀛，统一待何时，心尤切！

1997 年 7 月 1 日于香港

满江红·斩倭寇，除妖孽

十载韬光，磨心志，将妖擒绝。是东瀛，劫咱祖业，我心撕裂。钓岛千年华夏土，百年国耻终须雪。舞醒狮，奋起保金瓯，完无缺。　　倭贼品，根苗劣。炎黄志，坚如铁。挽长弓拼射，靖魔妖穴。浴血多年青史烈，敢教狂虏灰烟灭。啸长空，挥泪祭英灵，擎天阙。

2012 年 9 月 18 日于广州

满江红·咏瀑

大幕悬空，扬清气，轰鸣不歇。从天坠，浪花飞溅，银河奔烈。仰望云天虹雾涨，巨流欲渡喷明月。念此生，怎得壮如斯？情真切。　　风雨路，奔泥雪。飞鸿志，何曾灭？看今朝吾辈，几多雄杰？莫道精忠思报国，痴狂尤见心和血。为炎黄，无悔这青春，襟如铁。

2012 年 10 月 2 日

满江红·七十抒怀

游戏人间，七十载，春花秋月。蓦回首，风华散去，双鬓濡雪。学步艰辛难说苦，青春气盛襟怀烈。饮江河，海德见沧桑，何曾怯！　　家国事，尤关切，天地转，情难歇。看河山壮丽，满腔热血。剜骨疗伤惩腐败，英雄打虎宏家业。待来年，圆满复兴梦，齐欢悦。

2015 年 8 月 25 日

西江月·五十抒怀

挨过春秋寒暑，几经云雨随缘。无须回首说当年，风采依时而变。　谁说如烟富贵，换来若水婵娟？笙歌漫舞笑开颜，更喜身心康健。

1995 年 10 月 30 日于美国 L.A.

西江月·返母校偶感

旧梦如烟已逝，初春乍暖还寒。天涯赤子兴阑珊，白发苍苍谁染？　岁月随风飘去，情怀流水依然。当年栽树已参天，琅琅书声人远。

2003 年春

西江月·咏菊

幽处静观天下，迟开不减风流。经霜傲雪砺残秋，零落余香盈袖。　陶令魂归何处？东篱采菊何求？天涯剑客冷悠悠，皓首归心依旧。

2013 年 10 月 13 日九九重阳节

西江月·静思

皎皎一轮明月，悠悠千载凝眸。老夫此际复何求？有竹有诗有酒。 万事云烟忽过，百般风雨堪休。青山依旧水长流，览菊观书赏柳。

2013 年 10 月 21 日

西江月·嫦娥奔月

神箭银身喷火，弯弓迅疾升空。嫦娥舞蹈广寒宫，四海欢歌雷动。 大漠红旗招展，虹湾玉兔玲珑。月球村里植芙蓉，求索蓝天好梦！

2013 年 12 月 15 日

注释

2013 年 12 月 14 日，嫦娥三号卫星成功登陆月球。玉兔着陆虹湾区清晰展示五星红旗。说明我国航天事业的发展又迈进了一大步，可喜可贺。

2014 年 10 月 6 日

西江月·厂庆

题记：东方珠宝首饰厂35岁生日感怀。

三十五年追梦，尘寰几许沧桑！商场虽说似拼场，诚信勿容淡忘。　任尔疾风骤雨，心期霁雨阳光。齐心协力铸辉煌，展翅雄鹰瞭望！

2015 年 5 月 20 日于花都

西江月·退休生活

一卷诗书在手，半池墨汁飘香。轻盈敲键入仙乡，天下奇闻共赏。　　闲日游山观海，兴来钓水归庄。逍遥自在度时光，漫学神仙模样。

2015 年 5 月 27 日

西江月·辽宁号航母访港

题记：2017 年 7 月 7 日至 11 日辽宁号航母编队首次访港，庆祝香港回归二十周年，受到香港居民热烈欢迎。

香港回归廿载，迎来航队蹁跹。三声鸣笛泊交湾，惊起沙鸥一片。　　舰上旌旗猎猎，岸边锣鼓喧天。雄师威武展容颜，鱼水之欢如愿。

2017 年 7 月 7 日

注释

辽宁航母停泊在青衣对面交椅洲海域。

卜算子·送别高中毕业学生

山水石门开，驿外花明绚。只为师生执手间，义气眸中见。世界大胸怀，宇宙光如电。但使雄鹰展翅飞，搏击鸣霄汉！

1975 年夏于广州石门，铁二中教育基地

卜算子·祝福词，二女儿婚宴

千里喜相逢，缘到花开早。已是情浓蜜意时，天地春来闹。
相爱又相持，心为红颜老。只盼儿孙福满堂，老小齐欢笑。

2007 年 12 月 28 日 夜

卜算子·和陈建华同学

海峡水相连，骨肉亲怀抱。离合悲欢总有时，郑氏风流俏。
屈辱百年间，血泪融荒岛。待到同胞携手时，逢甲天堂笑。

2014 年 3 月 31 日

注释

郑氏：郑成功。逢甲：丘逢甲有诗："四百万人同一哭，去年今日割台湾。"

附：陈建华《卜算子·游台归感》原玉

游台五天归，思绪随风到。一笑相逢消严冰，欣喜宣眉俏。
俏还未过春，反贸频频报。何日同胞团聚时，相约神州笑。

卜算子·中秋

皎洁玉盘光，寂寞嫦娥舞。我欲乘风到广寒，把酒缠绵诉。
只恐九天遥，思绪从心堵。离合悲欢不了缘，哪是魂归处？

2014 年 9 月 8 日

卜算子·中秋夜

丹桂夜飘香，菊蕊千姿变。云淡星稀朗澈秋，玉兔铺银甸。
满地走灯笼，目断青天远。舞动腾龙祈祷中，家国襟怀见。

2014 年 9 月 9 日

卜算子·游子心

我是汉唐人，驰骋苍天下。西北东南到海天，家是心头话。
游子一颗心，生命源华夏。山水乡间画里浓，梦也常牵挂。

2015 年 6 月 3 日

卜算子·龙腾蓝天下

题记：美派舰机侦察南海，扬言要进入我岛礁十二海里内巡逻。

堂堂中国人，龙传多佳话。恐吓威迫也徒劳，搏击蓝天下。
越百年沧桑，铸就吾华夏。保卫和平爱国家，服理不服霸。

2015 年 6 月 4 日

注释

服理不服霸：海军上将孙建国在香会上的发言。

卜算子·相聚

题记：原铁二中高二（2）班学生集体庆祝六十岁生日，举办"风雨六十年，夕阳红了天'"的活动，邀我出席赠诗。

难忘那时春，难忘师生好，难忘那年山水绿，石门花开早。
相聚叙流年，相聚梅花笑，相聚情缘系此生，莫道青春老！

2017 年 9 月 12 日

虞美人·非典

煞司瘟疫何时了？患者知多少？东门昨夜又查封，患者不堪回首病情中。　　茶楼酒馆应犹在，只是无人睬。问君明日怎消愁？悲咽一腔凄苦击中流。

2003 年 4 月 25 日

虞美人·知青寄感：和一海粟

男儿要展鲲鹏翅，莫负平生志。千钧重任系心头，陇上几多风雨几多愁？　　危崖松柏何曾老？秋去怜芳草。轻舟掠影瘦黄昏，雁叫长空万里泣诗魂。

2012 年 12 月 3 日

附：一海粟原玉

雏鹰风雨萧萧翅，未展蓝天志。扶桑冉冉任蹉跎，忆作青纱帐里入农歌。眉间耕得春光老，渠畔芊芊草。挥将汗水化犁痕，踏破关山山外有乾坤。

虞美人·嫦娥奔月

嫦娥广袖凌空舞，玉兔寻归属。虹湾漫步傲苍穹，华夏月明千古又飞龙。　　吴刚煮酒重逢后，桂蕊浓香透。太空求索尽英雄，猎猎红旗高插广寒宫。

2012 年 12 月 18 日

念奴娇·东方珠宝首饰厂二十周年厂庆有感

韶华荏苒，廿春秋，犹若流光飞越。涸辙雪泥留爪处，方晓飞鸿英杰。去日崎岖，云涯壁上，戏喜空中月，窜南飞北，几曾言待休歇！　　庆典长夜狂欢，酒醇茶暖，挚友情真切。莫道黑丝披白雪，炉火心中般热。歌舞升平，恢宏前景，岁岁年年发！同人应看，东方轮起红日。

2000 年 5 月 20 日于从化太平镇

念奴娇·和习近平《念奴娇·追思焦裕禄》

忠魂不朽，盼归来，这片蓝天碱地。兰考缅怀焦裕禄，黎庶泪飞如洗。汗洒沙丘，沙丘血染，民众心头系。树桐成荫，俊雄彰显豪气。　　赤子承传遗志，虎蝇通打，贪腐如鹌唉。俭洁奉公中国梦，朝夕匆匆来济。振兴中华，励精图治，尽暖人心意。绚丽疆土，会涓千里澄碧。

2014 年 3 月 21 日

附：习近平《念奴娇·追思焦裕禄》

魂飞万里，盼归来，此水此山此地。百姓谁不爱好官？把泪焦桐成雨。生也沙丘，死也沙丘，父老生死系。 暮雪朝霜，毋改英雄意气。 　　依然月明如昔，思君夜夜，肝胆长如洗。路漫漫其修远矣，两袖清风来去。为官一任，造福一方，遂了平生意。绿我涓滴，会它千顷澄碧。

1990 年 7 月 15 日

沁园春·重上五指山

宝岛琼崖，热带森林，四面海洋。仰摩天五指，穿云倒雾，层峦叠翠，旖旎风光。沟壑纵横，悬崖峭壁，高路飞驰落下庄。荒村岭，叹群楼矗起，晚笛悠扬。　　青春汗洒边疆，忆劈石开山种胶忙。看流泉胶乳，林中宝藏。禾苗茁壮，遍地牛羊。椰子香蕉，荔枝杜果，填满皮囊留齿香。黎苗寨，赏民间歌舞，欢喜如狂。

2012 年 2 月 25 日

沁园春·读美国十二任总统对毛泽东惊人评价有感而作

　　华夏灵魂，今古奇才，旷世英雄。赞少怀壮志，济民水火，改天换地，鬼斧神工。北战南征，驱倭除孽，锦绣江山一片红。今回首，看巨龙飞起，笑傲苍穹。　　文韬武略从容，系亿万黎元自在胸。有雄文八卷，为民立极，豪词仙韵，气贯长虹。坦荡无私，清风两袖，世上谁能肩比同？无须叹，美利坚翘楚，下拜成风。

2014 年 2 月 25 日

沁园春·重游井冈山

　　华发凝霜，结伴重游，喜气洋洋。步黄洋界上，层峦叠翠，漫天云海，烟雨茫茫。古木参天，千岩万壑，直下飞流万丈长。须初夏，看杜鹃遍野，鸟语花香。　　当年烽火沙场，引会师朱毛撼蒋帮。记井冈鏖战，反攻围剿，万名英烈，血洒赣湘。星火燎原，涅槃百凤，浴火重生国运昌。堪翘首，冠旅游圣地，四海名扬。

2017 年 2 月 2 日

沁园春·香港狮子山

尾摆沙田，山背伏身，翘首海天。溯溶岩亿载，千锤百炼，神工巧琢，栩栩如生。祸害来临，变红双眼，威震阴风守护仙。须休日，数游人如织，郊野公园。　　悠悠沧海桑田，看小港渔村几变迁。忆当年战乱，灾民携手，战天斗地，开拓荒原。顽强拼博，随机应变。《狮子山下》唱万年。沧桑处，看群楼耸起，矗立山边。

2017 年 4 月 1 日

注释

守护仙：这是香港古老的传说，狮子山上的石狮双眼变红的时候，预示灾难即将来临，据说还很灵验。

《狮子山下》：这首歌是 1973 年黄霑填词，罗文演唱的歌曲。电视开播后轰动全港。这首歌赞颂香港人"同处海角天边，携手踏平崎岖"，和衷共济，顽强拼博的狮子山精神。2002 年，香港经济萧条，时任总理朱镕基深情吟诵这首歌词，鼓励港人发扬狮子山顽强不息的精神，勇敢挑战困难，面向未来。

沁园春·香港回归二十周年感怀

今日香江，万里晴空，彩旗飘扬。看荆花娇艳，归巢百凤，莺歌燕舞，喜气洋洋。社稷荣昌，人心欢畅，一国两制谱华章。回归日，赞龙腾虎跃，气宇轩昂。　　明珠璀璨辉煌，系法制光辉照四方。藐殖民余孽，贼心不死，阴谋分裂，一枕黄粱。坚信人民，护宗爱港，沟壑填平路漫长。须努力，葆江山永固，千载流芳。

2017年4月14日

沁园春·登八达岭长城

锁钥京门, 千里横空, 万岁睡龙。览居庸圣境, 关沟九寨, 层峰竞秀, 草木葱茏。烽火云台, 牛蛇狮象, 山鸟争春戏上穹。晴明日, 看百花争艳, 万紫千红。　　　长城天下奇雄, 怜百万尸骨铸巨工。叹秦汉风云, 枭雄梦断, 明清战火, 血雨腥风。锦绣河山, 哀鸿遍野, 兴也, 亡也, 百姓穷。俱往矣, 看中华崛起, 泪眼朦胧。

注释

云台: 指八达岭入口处的汉白玉建筑。另在居庸关有座用汉白玉砌筑的云台, 是元代遗物, 卷内刻有六种文字和佛教雕像, 后因地震、战乱等原因遭破坏, 现只剩台座, 称"白玉云台"。牛蛇: 指"牛蛇庙"。狮象: 指的是文殊台奇秀巧石, 台左有雄狮盘踞, 台右有白象蹬伏, 相距 50 米, 故有"青狮白象宇文殊"之称。

2017 年 4 月 21 日

诉衷情·天涯孤旅

题记：第一次去美国，也是第一次推销珠宝产品。人地生疏，无熟人，无朋友，无客户。只身住在小旅馆里，寂寞无助，忧心忡忡。偶然在黄页里，找到一位客人，在她的帮助下，我的产品几乎清箱。顷刻感觉天都亮了，欢喜若狂，特填词记之。

孤身独影闯西洋，鸿雁也彷徨。窗前月净星疏，寂寂晚风凉。谁把盏？诉衷肠，怆苍茫。凭栏遥望，一道红光，路在前方！

1985 年 12 月于美国 L.A.

诉衷情·小舟

漂流江海一飞舟，勇者立船头。乘风破浪前进，难免有沉浮。昂首望，月如钩，伴沙鸥。人生如似，几许惊涛，几处芳洲。

1990 年 12 月于 L.A.

诉衷情·重返母校

步云入校梦春归，物是也人非。悲欢几许忧怨，已化作彩虹飞。　　风折柳，谢芳菲，泪双垂。醒时尤晚，逝去韶光，骏马难追！

2003 年初春

诉衷情·和陈建华同学《自有后来人》

百年肝胆志须酬，断送几多头！江山依存隐忧，吾辈患春秋？建功勋，览神州，运深筹。强军治党，重振中华，砥柱中流。

2014 年 7 月 17 日

附：陈建华同学《自有后来人》原玉

忠心赤胆国何愁？辉煌在前头。如今江山红遍，自有后人筹。创伟业，固金瓯，度千秋。慰咱先辈，革命夙愿，永世风流。

诉衷情·清明祭母

殷勤慈母岁逢秋,憔悴隐深愁。墓前烧香跪拜,欲语泪先流!
思往事,痛咽喉,愿难酬!断魂时节,肝肠欲碎,万念心头。

2015 年 4 月 5 日

诉衷情·A 股暴跌

题记:6 月 19 日,A 股暴跌 306 点,一周跌 13%,是七年来最大跌幅。

满盘翻绿覆丹红,散户忧忡忡。七年最惨深跌,骤雨打船篷。
言股市,说渔翁,复开弓。金融拼博,淡定从容,巧借东风。

2015 年 6 月 20 日

诉衷情 · 欢庆香港回归十八周年

明珠璀璨耀东方，欢庆满香江。百年耻辱淘尽，携手创辉煌。
炉鼎秀，紫荆香，国旗扬。港人治港，览月瞻星，共祝炎黄！

2015 年 7 月 1 日

注释

炉鼎秀：太平山顶古称香炉峰。站立山顶，一览港九美丽风光。

忆秦娥 · 王家岭矿难

题记：据新闻网报道：2010 年 3 月 28 日，山西王家岭华晋煤矿发生
透水事故，造成 38 人遇难，153 人被困井下。矿难屡屡发生，真叫人痛心
疾首。

祸反复，王家岭上亲人哭。亲人哭，官家高调，黎民祈福。
苦熬井下饥囊谷，频频灾难谁监督？谁监督？九泉落魄，谁
怜枯骨？

2010 年 4 月 1 日

忆秦娥·玉树大地震

题记：2010 年 4 月 14 日青海玉树发生里氏 7.1 级大地震，两千余人遇难。政府官员、解放军官兵、武警战士及时投入抢救，全国人民紧急施援。

昆仑裂，西川玉树心流血。心流血，残垣惊鸟，乌云遮月。

兴邦多难肩如铁，齐心迈步从头越。从头越，全民施援，重建心切。

2010 年 4 月 14 日

忆秦娥·黄昏好

黄昏好，山河夕照风光好。风光好，回首人生，乘除昏晓。

红尘滚滚天知晓？无情岁月催人老。催人老，满头披霜，情怀未了！

2014 年 2 月 15 日

忆秦娥·清明节祭英烈

题记：清明节瞻仰广州起义烈士陵园。

清明节，陵园瞻仰怀英烈。怀英烈，轩辕荐血，一代豪杰。头颅掷去留高节，碑前祭祀悲声切。悲声切，素花如海，杜鹃啼血。

2017 年 4 月 5 日

破阵子·甲午国殇日

题记:2014 年 7 月 25 日，纪念甲午战争爆发 120 周年（1894 年 7 月 25 日）

甲午剜心犹痛，金陵旧恨难平。自古兴亡通史鉴，雄起中华天地鸣，伐谋须用兵。　落后时当挨打，为官务必清明。华厦儿孙皆可志，卧榻何容敌鼾声？刀锋可破城。

2014 年 7 月 25 日

破阵子·亮剑

梦里寒霜亮剑，耳边号角连营。万里海疆涛怒涨，十亿雄狮鼓震声，眸呼铁甲兵。　　导弹离弦飞快，战鹰直捣东瀛。敢向风云争宇宙，敢对强权说不行，中华豪气生。

2014 年 7 月 25 日于香港

破阵子·警钟千古悬

题记：习近平指出，甲午战败的主因在于"腐"。"陈腐的思维，贪腐的堕落，腐朽的无望"造成这段耻辱的历史。

甲午沉波犹记，金陵血海难填。屈辱千年亡在腐，历史回眸振习篇。警钟千古悬。　　朗朗乾坤正气，人心法制弥坚。但使国强民更富，敢教扶桑化劫烟，龙吟震九天！

2014 年 8 月 7 日

破阵子·炮舰卫和平

东海涛翻浪滚，倭奴又露狰狞。震慑妖魔鸣剑胆，大汉雄风铁骨营，鹰翔神鬼惊。　　血海深仇犹记，嘤嘤亿万亡灵。众志成城铭国耻，振我中华义勇兵，长弓挽太平。

2015 年 9 月 3 日

注释

纪念抗战胜利七十周年大阅兵。

破阵子·沙场大阅兵

百万雄师亮剑，三千方阵连营。猎猎旌旗天上舞，铁甲纵横震地声，沙场点大兵。　　呼啸银鹰飞快，箭弹可击天星。科技创新添虎翼，擦亮钢枪保太平，中华梦复兴。

2017 年 8 月 1 日

望江南·迎春

春来了，风里绿南窗。爆竹声声辞旧岁，烟花千朵送贞祥，翁孺喜洋洋。　　春到了，大地换新妆。梅绽春芳花烂漫，莺歌燕舞醉新阳，珍惜好时光！

2016 年 2 月 8 日初一

南乡子·返璞归真览大千

志也若登山，绕过羊肠又转弯，都想攀爬峰极限，悠然，云海苍茫在眼前。　　世路本艰难，碌碌风尘生死间。名利到头空眷念，何欢？返璞归真览大千。

2014 年 08 月 21 日

喝火令·嫁女词

五彩缤纷宴，花儿四季开。我欢我喜乐开怀，帘外满城灯火，璀璨闪灯台。　　嫁女今宵去，亲朋戚友来。吭歌千曲上瑶台。忘记相思，忘却世尘埃，忘却今生几许，不忘两无猜。

2007 年 12 月 28 日

注释

四季：香港中环四季酒店。

采桑子·人间冷暖

题记：惊闻贵州毕节市五名流浪儿童，饥寒交迫，闷死于垃圾箱。

梅花未绽五黄童，方戏街边，魂断人间，闻此悲摧泪满潸。
经途饿殍朱门臭，怒目无言，责问苍天，夜幕森森啼杜鹃。

2012 年 12 月 8 日

采桑子·生活简单好

闲来早起精神好，一笑嫣然，坐赏花妍。豁达心胸鸟语喧。
清茶淡饭三餐饱，穷了思贤，富了思源。苦乐人生一线牵。

2014 年 8 月 13 日

采桑子·重温旧作

逐句逐字频斟酌，仔细推敲，反复推敲，仄仄平平难度高。
翻开旧作来重审，笔墨堪糟，文采堪糟，半亩桑田待育苗！

2017 年 8 月 6 日

清平乐·南岭求水山公园

晨风破晓，健客行山早。鸟语花香何处找？天赐氧吧真好！
南岭高耸云中，丛林茂密葱茏。更喜游园百态，翁孺其乐融融。

2016 年 8 月 11 日

清平乐·春来了

金鸡唱晓，报道春来了。鸟语晨钟山寺小，路上行人欢笑。
花车锣鼓咚咚，遥呼巧借东风。荡涤雾霾秽气，霞飞万里晴空。

2017 年 1 月 29 日

清平乐 · 迎春

东风浩荡,花绽人心敞。雀鸟声声悠婉唱,垂柳轻舟荡漾。

今日明媚风光,相扶百岁沧桑。国策扶贫精准,全民迈向康庄。

2017 年 2 月 3 日

长寿乐 · 人生短苦

韶华几许? 转瞬间,恍若浮云沉雨。春去秋来,花开花落,冷对人生短苦。举金樽,宠辱兴衰,淡然回顾。问苍天,人易老悲难诉。　　襟怀阔,留得青山绿渚,怀远矗。凭栏处,望尽流霞烟树。沌世多少沧桑,华胥幽梦,谁人能参悟。

2012 年 12 月 12 日

一剪梅·出海垂钓

题记：清晨，驱车到 Long Beach 出海钓鱼。每人花 20 美元买门票，另租一钓竿，便登船出发。乘风破浪约两个小时，到了比较平静的海面，船长将船停住，用雷达波测试鱼群。当诱饵丢下海后，成群结队、争先恐后的鱼群浮出水面。空中如影随形的海鸥也来抢食。我一竿抛过去，顷刻，钓到两条石斑鱼，一条是贪食上钩，另一条是钩住鱼的背部。一过磅，两条共 8 磅多。真开心，一切烦事都付诸脑后。到黄昏回程，除将不够长的鱼放回大海，剩下也有大半桶（约三十多磅），除送亲友外，一星期也吃不完。

忙里偷闲出海游，偕众朋俦，登上兰舟。微风细浪伴群鸥。饵挂渔钩，甩远凝眸。　　一钓双鱼塞满篓，闲逸通幽，喜上眉头。归程夕照放歌喉，摘朵红霞，送给妻儿。

2002 年夏

一剪梅·紫荆花

国色仙姿百态娇，风里飘摇，雨外帘招。满枝红绿尽妖娆。寻遍歌谣，独显风骚。　京兆三田品格高，草木危巢，况且同胞。旌旗猎猎震云霄，把酒相邀，何惧狂涛？

2014 年 9 月 3 日

注释

京兆三田：西汉京兆田真、田庆、田广，三兄弟分家皆均，唯堂前一株紫荆树，共议欲破三片。翌日，树枯死如火燃。真大愕，谓诸弟曰："树木同株，闻将分斫，故憔悴，是人不如木也。"因悲不复解树。树应声荣茂。兄弟相感，遂为孝门。

一剪梅·清远北江一日游

千里飞霞映碧空，柳绿花红，万木葱茏。峡山福地斧神功。古寺飞来，追溯禅宗。　　一日游江喜乐融，潋滟清波，歌舞清风。客家食美更情浓，酒溢杯弓，香溢心中。

2017 年 6 月 20 日

注释

飞霞：指飞霞山风景区，峡山是北江三峡最雄伟最险峻的山峦。峡江两岸各有 36 峰千姿百态，"山水奇绝，层峦叠嶂，幽洞澄潭，白练飞云，嘉木异卉"，是道教"第十九福地"。"飞来寺"传说：轩辕黄帝两庶子，太禹和仲阳，作法一夜，闪电雷鸣，风雨交加，将安徽舒州上元的延祚寺凌空拔起飞到清远座落峡山而得名。

踏莎行·离聚

枝上乌啼，柳边飞絮。楼台相伫愁千缕。人生聚散泪空流，天涯挥手兹羁旅。　　莫道相思，柔情几许。人心点滴成春雨。闲庭怕捻苦凝痴，落花流水何相聚？

1998 年 4 月 20 日于从化太平镇

菩萨蛮·赠何友人

留春不住由春去，浮沉情海千千绪。明日上瑶台，美人幽步来。　　情多人不老，雨过晴方好。自在鸟相鸣，楼新花有情。

1995 年 10 月 23 日

少年游·和秀龙辞职诗

飘零一叶已知秋，哪得苦中留？悲欢离合，鸡虫得失，谁去说缘由。 知音无奈观池浅，难做巨龙游。凤舞乘时，佳期有聚，把盏醉方休！

2002 年 12 月于太平

醉花阴·庆祝同学会二十周年聚会

廿载芳华添锦绣，敬酒君言透。笑脸叙流年，鬓染飞霜，情义还依旧。 世尘莫道飘零久，有好风盈袖。激越写人生，万里江山，在眼中藏秀！

2010 年 7 月

跋

我和黄振发老师从相识到相知，确实缘分不浅。都是40后出生，都是归国华侨。年龄相近，理念相同，彼此有着深厚的爱国情怀，深信祖国的未来充满光明。20世纪70年代初我们在广铁二中不期而遇，又不约而同在数学科组任教。黄老师在1973年到学校，我比他晚来一年。黄老师以诚待人、与人为善的品格，刻苦学习、勇于创新的精神，以及对工作精益求精的态度给大家留下深刻印象。他爱好广泛，学习与探索的领域涉及中医、文学、建筑，均取得令人羡慕的成果。随着改革开放大潮的到来，黄老师在极端困难的条件下，于80年代初创办"东方珠宝首饰厂"。他利用创新技术，赢得同行的认可和赞赏。产品远销欧美澳及中东等地。尽管面对着种种难以想象的困难和挑战，但黄老师凭借多年积聚的睿智、经验与才干，最终能应对自如，逐一化解。这一切，在他所写诗词的字里行间时有表露。他笃信"勤生智，俭生德，熟生巧"。坚信人生没有现成的路，要"不畏艰难，勇于接受挑战，勇于实践，敢于创新"，从学习中求真知，在实践中谋卓识，通过不断探索闯出一条新路。

相似的个性和相同的价值观，令我们结下不解之缘。这就不难解释为什么我们能够从相知到相识，从老同事到老朋友，即使远隔千山万壑，也一直保持联系和往来。彼此取得点滴成绩与进步能够互相赞赏和勉励。黄老师每逢写下诗词，不忘和我分享。而我在汉字输入领域取得的成果，也得到黄老师的关心和支持。记得我的"汉字音形三元码"项目参加珠三角重点专利技术博览会时，黄老师在百忙之中专程前来参加。对此，我至今心怀感激。

我喜欢黄老师的诗词，首先是选材与时俱进，对祖国不同时期取得的成就欢呼喝彩；其次是贴近生活，针砭时弊，对社会上种种邪恶现象，旗帜鲜明和毫不留情地加以鞭挞。写作风格朴实，通俗易懂，听之韵味十足，颂之朗朗上口。

我对黄老师出版诗集期盼已久，如今梦想成真，内心的高兴难以言表。值此，衷心祝愿诗集出版取得圆满成功！

何振波

2017 年 3 月 18 日于广州

作者工作时留影

作者夫妻照

1．作者打工时期留影

2．女儿为作者庆祝七十大寿

1. 东方珠宝首饰有限公司在广州花都区的厂房

2. 厂里员工忙于生产

1. 美国"黄氏珠宝有限公司"同事留照

2. 珠宝名人夜，广州市领导和珠宝商会会长，副会长合影

1. 花都珠宝商会会员参观上海世博会前合影
2. 东方珠宝参加香港珠宝展

作者与诗人黄莽先生

游明长城镇虏关

印尼新及侨友联谊会合影
2014年9月6日于广州荣群大厦

广州铁路第二中学高二（2）班同学2009年相聚江湾大酒店

1．分别五十多年后，印尼老同学，老朋友在广州陶然酒家相聚

2．原高中毕业生2009年和作者相聚

1.我们高一（二）班同学回母校庆祝"华侨补校"成立60周年

2.作者与老教师、老同事合影。

我们在海南三师三团六营三连的知青来看我，并参观"东方珠宝首饰厂"

2015年师生重聚合影

作者与老同事何振流校长夫妇及庞景凯教授合影

原高一（二）班同学和黄耀民老师合影